Esa puta tan distinguida

Esa puta tan distinguida

Juan Marsé

Lumen

narrativa

Primera edición: abril de 2016

© 2016, Juan Marsé
© 2016, de la presente edición en castellano para todo el mundo:
Penguin Random House Grupo Editorial, S. A. U.
Travessera de Gràcia, 47-49. 08021 Barcelona

Printed in Spain – Impreso en España

ISBN: 978-84-264-0279-0
Depósito legal: B-3.483-2016

Compuesto en M. I. maqueta, S. C. P.
Impreso en Cayfosa
Barcelona

H402790

Penguin
Random House
Grupo Editorial

La única máscara que llevo es la del tiempo.

Madre Gin Sling, *El embrujo de Shanghai*

Tú pensabas en asesinato y yo en la pulsera de tu tobillo.

James M. Cain, *Pacto de sangre*

Hemos descubierto la verdad, y la verdad no tiene sentido.

G. K. Chesterton, *El candor del padre Brown*

1

1) Ahí va, señorita. Lo toma o lo deja. Yo solo respondo por escrito.

2) Porque siempre he confiado más en la escritura que en el blablablá.

3) Hijo adoptivo y de incierto origen biológico.

4) Habría preferido nacer en otra época, en otro país, con ojos azules y un hoyuelo en la barbilla.

5) No perdamos el tiempo con bobadas. No milito bajo ninguna bandera. Decía Flaubert que todas están llenas de sangre y de mierda y que ya va siendo hora de acabar con ellas.

6) Soy algo más que laico, soy decididamente anticlerical. Mientras la Iglesia católica no pida perdón por su complicidad con la dictadura franquista, declararme anticlerical es lo menos que puedo hacer. Disfruto de una saludable clerofobia desde la más tierna adolescencia.

7) Los únicos clérigos que respeto son el padre Pietro de *Roma, città aperta*, de Rossellini, el *Nazarín* de Galdós/Bu-

ñuel, el padre Brown de Chesterton y el furioso y zarrapastroso cura irlandés de *La hija de Ryan,* de David Lean.

8) Perdí este dedo a los quince años, se lo tragó una laminadora.

9) La música. Me habría gustado ser el piano de Glenn Gould. O el saxo de Charlie Parker.

10) Mi próxima novela tratará de las añagazas y las trampas que nos tiende la memoria, esa puta tan distinguida.

11) No. Si le cuento de qué va, lo estropeo. Porque esta novela es una especie de trampantojo, nada en ella es lo que parece, empezando por el título.

12) Bueno, lo que ahora estoy escribiendo por encargo no se puede llamar propiamente literatura. Trabajo en el primer tratamiento de un guión cinematográfico.

13) Sí, por dinero.

14) Detesto hablar de la faena. Pero en fin, va de eso: Un anciano asesino, aquejado aparentemente de alzhéimer, cuenta su crimen treinta años después de cometerlo. Recuerda que mató a una prostituta, pero no recuerda en absoluto por qué la mató.

15) No tengo título. Podría ser *Desmemoria del asesino,* o *La máscara y la amnesia,* o algo así. Se trata de una película sobre la persistencia del deseo y las estrategias del olvido.

16) Pretendo basarme en hechos reales. Una muy celebrada y a menudo fraudulenta pretensión, lo admito.

17) Salvo excepciones, un guión cinematográfico no está

escrito para ser leído como una obra literaria, cuya materia y fundamento primordial es el lenguaje. El guión es un texto de usar y tirar.

18) El productor y el director son los que mandan, pero hay que tener en cuenta los avatares y vaivenes de nuestra raquítica industria cinematográfica. El proyecto podría pasar a manos de otro productor, con otro afán comercial, podría acabar siendo un spaghetti-western, o una película de terror, o de destape, o de risa. Ojo: no de las que hacen reír, sino de las que uno se ríe.

19) Durante la interminable dictadura, aquel cine nacionalcatólico de cartón piedra generó tanta miseria moral y estética, se regodeó tanto en su propia falsedad y estupidez, que tardamos muchos años en levantar cabeza. La cosa mejoró, por supuesto. Pero ahora el problema es otro y es general, ahora la tecnología está acabando con el cine.

20) Con una muchacha llamada María. Yo tenía quince años y ella dieciocho.

21) La identidad nacional me la trae floja. Se trata de una estafa sentimental. Soy un mal patriota y sin remuneración.

22) No. La verdadera patria del escritor no es la lengua, es el lenguaje.

23) La vocación nació en una esquina de las calles Bruc y València, delante del Conservatorio Municipal de Música de Barcelona. Tendría yo unos catorce años. Una joven estudiante que estaba junto a la puerta con su estuche de violín

bajo el brazo me pidió que entrara con ella en el Conservatorio y le dijera a su profesor: «He sido yo». Solamente eso. «He sido yo.» No me dijo qué significaban estas palabras, ni yo se lo pregunté. Luego te lo explico, dijo con una dulce sonrisa. La acompañé, le hice el extraño favor y acto seguido me marché y la esperé en la calle, según habíamos quedado. Pero ella no apareció, y nunca más volví a verla. Me quedé con las ganas de saber qué historia había detrás de mi autoinculpación, y no dejaba de pensar en ello, hasta el punto de que empecé a fantasear sobre un posible conflicto sentimental de la pareja: imaginé una apasionante trama amorosa entre la hermosa muchacha y el guapo profesor, una pasión secreta cifrada en las enigmáticas palabras «He sido yo». Y me gusta pensar que aquel empeño imaginativo de mis catorce años alrededor de tres palabras fue la semilla, el germen de mi vocación.

24) No sé de qué diablos me habla.

25) A ver, se lo explicaré de otra manera. La sospecha de que existía una tormentosa pasión amorosa entre el joven profesor y su hermosa alumna se convirtió en una obsesión, y la única manera de librarme de la obsesión era formularla verbalmente. Así empezó la cosa, así es como el aprendiz de escritor siente nacer la vocación: la necesidad de contarlo. ¿Queda claro ahora?

26) En mis ficciones, la vivencia real se somete a la imaginación, que es más racional y creíble. En la parte inventada está mi autobiografía más veraz.

27) ¡Pero qué dice! Jamás escribiré una novela sobre la crisis de las estructuras sociales. ¡¿Por quién me toma usted?!

28) ¿Cultura dice? A los políticos de este país la cultura les importa una mierda y por eso la dejan en manos de ineptos y carcamales.

29) Menos adjetivos y más sustantivos, eso es lo que necesita hoy la novela.

30) ¿Personaje real que admiro? Emma Bovary.

31) ¿De ficción? Carmen Balcells.

32) Estoy muy contento con mi agente y nunca lo cambiaría por otro. Además, sería inútil. A mi edad, cambiar de agente literario vendría a ser algo así como cambiar de tumbona la última noche del *Titanic*.

33) Decliné la invitación. Como Groucho Marx, nunca aceptaría ser miembro de una Real Academia de la Lengua que me aceptara como miembro.

34) Solo me fío de la lógica contenida en la buena música.

35) No me identifico en las entrevistas de viva voz. No reconozco mi voz.

36) ¿Otra vez? Cualquier forma de nacionalismo me repugna. La patria que me proponen los nacionalistas es una carroña sentimental.

37) Nietzsche lo predijo: un siglo más de periódicos y las palabras apestarán.

38) Cambio todo esto por una canción de Cole Porter.

39) Le cambio la película entera por un plano de John Ford.

40) Paso de responder.

41) Demasiado verboso para ser memorable, y demasiado intelectual para conmover. Es un escritor notable, pero no es un buen novelista. En un buen novelista, lo que brilla no es el intelecto, es otra cosa. Le cambio el libro entero por una página de Dickens.

42) En mi novela hay un asesino, pero ninguna requisitoria criminal. No soy ningún veleidoso escritor reciclado en puñetero autor de novela negra. Y no hay ningún psicópata que descubrir ni apresar. ¡El asesino soy yo!

43) De lo único que me arrepiento es de mis omisiones. Como dijo el poeta: lo que no he hecho, lo que no hago, lo que estoy a cada momento dejando de hacer. De eso sí me arrepiento.

44) Lo que yo envidiaba a los quince años era el juego de cejas de Clark Gable.

45) Escribo para saber si he sido realmente el protagonista de mi vida, como David Copperfield.

46) Al terminar de escribir ese libro me sentí muy mal. Satisfecho con las partes, pero desconcertado con el todo. Me sentía como si me hubiesen robado el argumento, el corazón de la trama.

47) Olvide eso y recuerde lo que dijo Nabokov: «De nada sirve leer una novela si no se lee con la médula». Aunque

leas con la mente, el centro de fruición artística se encuentra entre los omoplatos, un hormigueo en la médula espinal.

48) Es más que suficiente, señorita. Buenas noches.

2

A mediados de junio de 1982 acepté el encargo de escribir una película basada en un hecho real ocurrido años atrás en Barcelona, un crimen horrendo que en su día suscitó muchas y muy diversas conjeturas, y cuyo móvil, aparentemente pasional, nunca se aclaró del todo. El funesto suceso tuvo lugar en la cabina de proyección de un cine de barrio en enero de 1949 y todavía hoy se lo recuerda envuelto en el misterio. La inmediata confesión del asesino y su posterior amnesia, la truculencia de algunos detalles y, de manera muy especial, el voluptuoso aroma que desprendía la personalidad de la víctima, una prostituta estrangulada con un collar de celuloide, una ristra de fotogramas desechados de una de las dos películas programadas en el cine aquella semana —una película cuyo título, por cierto, no consta en el sumario que tuve ocasión de consultar, pero que yo recordaba porque gravitó en mi adolescencia con su dulce carga erótica—, eran aspectos del asunto que fueron tenidos muy en cuenta por el productor y el director al proponerme el trabajo.

Ambos cineastas gozaban por aquellos días de gran prestigio y solvencia en la profesión. El primero era un prepotente y temible mercachifle llamado Moisés Vicente Vilches, y el segundo una vieja y distinguida gloria del más internacional cine español de los años cincuenta, Héctor Roldán, autor de una filmografía en blanco y negro muy crítica con la dictadura, valiente y bienintencionada, aunque también, lamento decirlo, bastante plasta; las orejeras ideológicas constriñeron su indudable talento, hasta el punto de que todas sus películas de denuncia, tan celebradas antaño, adolecen hoy de una fastidiosa monserga política, un izquierdismo de manual y unos resabios militantes marca PC que causan grima. Siempre se había sentido a gusto bordeando el panfleto, y, según pude comprobar al exponerme su nuevo proyecto, se disponía a darse ese gusto una vez más.

En aquel entonces, en el verano de 1982, el país entero se debatía entre la memoria y la desmemoria, todo estaba cambiando y Héctor Roldán lo sabía, era un hombre inteligente, pero el puño siempre en alto ya se le había agarrotado al empeñarse en la misma denuncia politiquera que le dio tanta fama: quería que la sórdida historia del crimen del cine Delicias se viera en el film como el claro trasunto de un país encanallado por la dictadura, un reflejo de la miseria moral y política del Régimen que habíamos enterrado cuatro años atrás al emprender la Transición democrática. Un loable propósito, pero…

—Ya veo —le dije—. Un film terapéutico.

—No sé a qué se refiere…

—Película con un suplemento alimenticio de nueces y zanahorias, buenas para la memoria. —El severo cineasta no le vio la gracia, no se rió—. En fin. ¿Seguro que soy la persona más indicada para escribirla?

—Tengo razones para creer que sí.

Y añadió que ese trasunto animaría subrepticiamente la trama y no me resultaría extraño ni difícil de tratar, puesto que yo había demostrado conocerlo a fondo y estaba muy presente en mis primeras y mejores novelas «de denuncia social que tuve ocasión de leer y apreciar en la cárcel» —fue el puñetero piropo que me dedicó, y que en realidad se dedicaba a sí mismo presumiendo de acoso y maltrato franquista—, lo cual explicaría el dudoso privilegio de verme elegido para escribir un primer borrador del guión, un «pretexto argumental», lo llamó. Según él, yo era la persona idónea para sentar las bases de la historia porque el crimen tuvo lugar en el «vívido escenario urbano» de mis ficciones literarias, es decir, en mi propio territorio en tiempos de mi adolescencia, en mis calles y en torno a un humilde cine de barriada —no alcanzaba siquiera la categoría de local de reestreno— que yo frecuenté, y sobre todo porque el suceso aparecía ya, aunque tratado de manera muy libre y tangencial, y desde luego sin ninguna intencionalidad política directa —lo cual se le antojaba «una buenísima ocasión perdida, una verdadera lástima»—, en una de mis novelas publicada seis años atrás, después de estar prohibida por la censura. Consideré inútil decirle que las buenas películas, al igual que las buenas novelas, tienen la misma intencionalidad política que los viejos tebeos de *Hipo, Monito y Fifí* o que los cuentos de hadas, es decir, ninguna, y opté por bromear con un halago equívoco:

—Sí, pero el tiempo no pasa en balde, señor DeMille.

—Claro, claro, abunda el celuloide rancio —concedió, aceptando con sorna el cáustico rebautizo—. Y hoy vivimos tiempos nuevos, estrenamos democracia y libertades. Cierto. Por eso lo único que hay que hacer es contar los hechos tal cual. Los hechos incuestionables, irrebatibles. Con eso basta, con la demagogia de los hechos.

—Pero los hechos son muy confusos. Todo en ese crimen es muy confuso…

—¡Tanto mejor! —replicó de inmediato y con un repentino destello en su mirada senil—. Porque lo confuso, lo enrevesado, el sinsentido, ha de ser el meollo de nuestra historia, amigo mío, lo que realmente vamos a contar, lo que nos llevará más allá del mero argumento. La pérdida del sentido, del conocimiento real de las cosas, ¡eso es lo que quiero contar! Y para contarlo ya no me sirve el argumento ni el montaje vertical, ¿me explico? Vamos a sustituir el argumento por la realidad desnuda.

Después de soltar semejante y temeraria antonionada, por decirlo a la perversa manera de mi asistenta Felisa, insufrible cinéfila, el veterano y benemérito director se quedó tan pancho. Le respondí que la realidad nunca se nos ofrece desnuda, y él me recordó que no hubo testigos del crimen y que la versión oficial estableció como causa determinante un ataque de locura transitoria, un arrebato absurdo e inexplicable, presunta secuela del previo y no menos inexplicable intento, por parte del asesino, de robarle a la víctima dinero y joyas. ¡Menudo disparate!, exclamó, porque la verdad es que esa prostituta solo llevaba encima unos pobres pendientes de bisutería, añadiendo que tan insolvente entramado policial y jurídico de imputaciones sin probar, de sospechas y falsedades, nuestro guión debía recogerlo y resaltarlo bien, ya que sería mediante esas tergiversaciones interesadas de la versión oficial como lograríamos llevar la película más allá de la mera denuncia. Porque se trataba de eso, insistió, de ir mucho más allá de la denuncia.

—Son esos espejismos, esas irisadas pompas de jabón que nos dejó el franquismo, y que nosotros haremos estallar —añadió—. Pero cada cosa a su tiempo. Lo que ahora quiero de usted es un relato detallado de los pasos del asesino y de la víctima previos al crimen. Quiero algo más que una sinopsis argumental, quiero una crónica fiel de cómo se cometió el crimen en esa cabina, una crónica pormenorizada y al minuto, digamos, incluso dialogada, si usted lo ve necesario, si hay referencias veraces y fiables de lo que allí se habló… En realidad, y déjeme que insista en ello para que quede claro, lo que andamos buscando no es un argumento, de modo que no pierda el tiempo en eso. No necesito una lógica narrativa ficcional, esta vez no, y tampoco una puñetera intriga, una investigación detectivesca a la manera de la novela negra, porque aquí no hay ningún asesino que apresar.

Dijo además tener muy en cuenta, a tal fin, mi casual proximidad con el terrible suceso, una cercanía siquiera urbana, el hecho de haber sido vecino y seguramente conocido, cuando yo era un chaval, de uno de los personajes reales del drama, un fatuo falangista y alcalde de barrio llamado Ramón Mir Altamirano —aparecía en uno de mis primeros relatos breves, pero sin nombrarlo, y volvería a aparecer veinte años después en una novela—, el hombre que, según se reveló durante el juicio, fue amante de la mujer asesinada y el que la indujo a la prostitución. Respondí que en aquel entonces a ese sujeto todo el mundo, empezando por su propia esposa, le tenía por un irremediable cantamañanas, un tipo fachendoso al que se le iba la olla y acabaría muy pirado, y con el que yo no recordaba haber intercambiado nunca una sola palabra a pesar de que éramos casi convecinos. Y le previne:

—El crimen se cometió en mi barrio, en efecto, pero no espere por ello ninguna aportación especial de mi parte, ni mucho menos que me implique emocionalmente en el suceso. Oí hablar de ese tal Mir; parece que solía abusar de su autoridad como alcalde y como falangista. Pero no le traté, y ahora mismo no podría decirle si me crucé en la calle con él más de tres veces... Por aquel entonces yo era un mocoso que vivía en una nube. Mejor dicho, en una montaña pelada.

Mi desdeñoso distanciamiento sentimental del suceso le pareció de perlas. Me dijo que el punto de vista excéntrico era el ideal para enfocar el asunto e insistió en que, más que construir una trama, lo que de verdad se proponía con esta película era «indagar en el sinsentido del hecho, destruir cualquier atisbo de trama convencional y provocar un estremecimiento». Y al oír eso me asaltaron toda clase de recelos. Maldita sea, yo tenía entonces motivos más que sobrados para temer lo peor de algunos peliculeros engreídos e incompetentes, porque sé cómo las gastan. Pero en aquella ocasión me dije: Coge el dinero y corre, y ya ajustaremos cuentas más adelante.

En resumen, si finalmente entendí bien el encargo, se me pedía un esquema más o menos secuencial de los pasos de víctima y verdugo hacia el drama que culminó en la cabina de proyección, un relato veraz, aséptico y testimonial de las últimas horas de ambos, teniendo muy presente que el único mensaje de la película, según deseo expreso del director —aunque de eso se ocuparía el guión definitivo a cargo del propio Roldán—, era que, más allá del incierto móvil dictaminado por la policía y la justicia, que en su día no convenció a nadie y dio pie a tantas conjeturas y rumores, debía prevalecer esta original hipótesis: cualesquiera que fueran los sentimientos que propiciaron el crimen, la pasión amorosa o el odio, la locura, la venganza o la simple rapiña, sus protagonistas, la puta y su asesino, una vez hubieran estallado todas las burbujas, debían quedar claramente como víctimas del sistema político y únicos perdedores.

—¿Y eso no es un argumento? —le dije.

—No es más que una consecuencia —replicó Héctor Roldán—. La lógica consecuencia de una depravación nacional institucionalizada que nos afectó a todos, una infamia histórica que victimizó a todo el mundo, en todos los estamentos sociales del país, y sin escapatoria posible para nadie. No sé si me explico.

—Oh, sí, por supuesto.

Ese bienintencionado testimonio de depravación nacional y de victimismo, previsiblemente encarnado en la pantalla por conceptos más que por personajes, o sea, de naturaleza abstracta más que vivencial, me resultaba familiar, me sonaba: incluso alertó mis cinéfilos oídos con el vibrante timbrazo de una bicicleta. Y aunque, según acababa de saber, no sería yo quien le daría ese importante matiz sociopolítico al guión definitivo, ya veía la película terminada; era algo así como aquella del anónimo ciclista atropellado en una carretera, pero aquí no habría ciclista ni carretera, habría una puta estrangulada en lugar de una casada infiel estrellándose con su automóvil, es decir, llevándose su merecido. El panorama no podía ser más desolador, porque esta peli ya la habíamos visto todos, y su mensaje, reeditado casi treinta años después, en plena transición política del país y por gentileza de

Héctor Roldán, podía convertirse en un artefacto visual tan resabiado y penoso como obsoleto.

En fin, acordamos que empezaría a trabajar con una copia del expediente judicial a mi disposición y ateniéndome por el momento a los hechos comprobados, a las declaraciones del propio asesino y a las actas del proceso, para más adelante revisar el material juntos y, de acuerdo con su criterio, trazar la línea secuencial definitiva.

Por su parte, el productor M. V. Vilches, antes de regresar a Madrid, quizá para atenuar mis suspicacias sobre las aviesas intenciones del director acerca de su temible persistencia esteticista —agravada por una clamorosa afectación en los encuadres, dicho sea de paso—, intentó convencerme de que, esta vez, con su nueva película, el combativo realizador aspiraba a un reconocimiento estrictamente profesional, de buen narrador en imágenes y por encima de cualquier otra consideración o mérito, incluida su conocida exaltación de una ideología concreta…

¡Y un huevo!, exclamé para mis adentros, este hombre nunca dejará de ser el más virulento y distinguido forúnculo político en la nalga izquierda del escurrido culo del cine español.

De todos modos, y para ser totalmente sincero, debo añadir que a un servidor, defraudado no pocas veces por las sonsas adaptaciones a la pantalla de algunos de mis libros, la persistente y castradora decantación ideológica del cineasta

Roldán me tenía sin cuidado, tanto más cuanto que, en su día, también yo la había asumido. Si me ponía a pensarlo bien, el espíritu transgresor que este hombre demostró en tiempos difíciles merecía cuando menos un respeto.

Yo había pedido mucho dinero por la colaboración, mucho más del que solía pedir, y me fue concedido. En aquel momento, una negativa tampoco me habría importado mucho. Años atrás, al aceptar esa clase de encargos, aspiraba ilusionado a establecer una complicidad creativa, por mínima que fuera, con el director —debo decir que siempre inútilmente, salvo en un querido proyecto que se frustró—, poniéndome desde el primer momento al servicio de sus ideas y su talento. Pero cuando Roldán requirió mis servicios, hacía ya tiempo que había abandonado tan peregrinas expectativas, así que en principio el asunto me tenía bastante sin cuidado, y desde luego el éxito o el fracaso de la película me importaba bien poco. A fin de cuentas, para qué preocuparme si el resultado final escaparía una vez más a mi competencia. Lo único que debía hacer era recopilar cuanta más información mejor y urdir una trama basada en hechos reales.

Puesto que no existía ninguna hipótesis fiable sobre la verdad de los hechos, por cuanto la instrucción policial de 1949 y también la judicial ofrecían un galimatías indescifrable de conjeturas y cábalas, lo mismo que las truculentas y sensibleras crónicas de prensa que consulté, todas ellas sujetas a la férrea censura de la época, y dado que la información disponible sobre las vivencias de los dos personajes principales en las horas previas al crimen eran prácticamente nula, cabía la posibilidad de abrir varios frentes teóricos sin agotar ninguno, optando por un final abierto y a gusto del director, que insistía en desechar cualquier artificio o coartada argumental.

—Lo primero —me había dicho Roldán— es disponer de toda la información posible sobre la víctima y su verdugo. Los antecedentes de cada uno, y no me refiero a los penales, sino a los íntimos e inmediatos, esos cuatro o cinco días, o los que hagan falta, semanas quizá, antes del crimen.

—Vale.

—Qué hacían, cómo vivían y dónde, cuál era su encaje en aquella Barcelona espectral y famélica de la posguerra. Necesito la atmósfera, el color y el sonido de aquellos días de infamia en esta ciudad.

—Vale.

—Y recrear fielmente el escenario del drama. —Y con otro destello de entusiasmo en la mirada—: ¡Esa cabina de proyección de un cine de barriada, rediós, qué interesante! ¡El ruido del proyector en marcha! ¡Un montón de latas con viejas películas de nitrato! ¡Qué maravilla! ¡Ya huelo el nitrato y la acetona en esa cabina! ¡Lo huelo!

—Vale, vale. ¿Dónde hay que firmar?

Empecé a trabajar. Hice acopio de informes, expedientes, actas del proceso y declaraciones diversas. Pero las dificultades se presentaron de inmediato. La pretensión documentalista inicial se convirtió enseguida en un lastre y un engorro: los hechos verídicos no adquirían suficiente autoridad para imponerse por sí mismos. No parecían creíbles. Disponía de pocos datos sobre las horas previas al crimen, y las declaraciones del asesino, extraídas de su confesión ante la policía y de las actas del juicio, eran siempre confusas, cuando no contradictorias, con cansina insistencia en que durante su estancia en la cárcel, antes de ser juzgado, sufrió varias crisis de angustia que le llevaron a tres intentos de suicidio y a un severo bloqueo mental, para caer finalmente en manos de un eminente psiquiatra militar que experimentaba nuevos métodos, hecho que se me antojó de suma importancia. Con el fin de evitar que se volviera loco, o que se suicidara, ese doctor lo había sometido a una terapia intensiva para que olvidara la acometida sanguínea que lo llevó a su terrible acción, y, al parecer, esa terapia obtuvo cierto resultado, de manera que cuando se celebró el juicio el acusado recordaba los pormenores del crimen, pero no la causa que lo originó, lo cual fortalecía la hipótesis esgrimida por la defensa: la causa fue un arrebato súbito e inexplicable, un impulso inmotivado e irracional. Es decir, que el veredicto final dejaba bien claro lo sucedido: el asesino convicto y confeso Fermín Sicart Nelo recordaba perfectamente cómo mató a la prostituta Carolina Bruil Latorre, pero no recordaba en absoluto por qué la mató.

Una lectura atenta de las actas del proceso revelaba cierto mimo judicial para con el desmemoriado reo y muy poca diligencia en algunos requerimientos, amén de apresuradas y confusas conclusiones sobre el móvil del crimen. Las últimas palabras de la prostituta segundos antes de morir, según confesó el asesino en el examen psiquiátrico, fueron: «Date prisa». No fue el único dato intrigante que hallé en las actas. La verdad es que toda la instrucción se parecía sospechosamente a una tapadera, a un chanchullo ideado quién sabe si por la siniestra Brigada Político-Social con el fin de ocultar algo que pudiera afectar a instancias más altas, o vaya uno a saber. Deducción acaso fantasiosa, pero que a Héctor Roldán sin duda le parecería de perlas; podía ser una de aquellas burbujas tóxicas que deseaba reventar.

Había ya emborronado una veintena de folios guiándome por las actas del sumario y la propia confesión del asesino, pero la creciente sospecha de falsedades y tergiversaciones en el expediente policial propició una peligrosa tendencia a la inventiva, que me incomodaba. Me sentía inseguro trabajando en esa imprecisa frontera entre ficción y testimonio, de modo que no tardé en estar hasta el gorro de verlo todo borroso, deslucido y contingente. Necesitaba agarrar el nervio central de la trama, o lo más parecido a una trama, cuando menos cierta simetría o armonía que animara el relato y significara aquello que, por trivial o extraño que resultara —que fuese real o inventado, me parecía irrelevante—, acabaría dando vida y sentido a todo lo demás. Ante todo, qué diablos fue lo que movió las manos del asesino, qué le motivó, qué le indujo a estrangular a una fulana cuyos servicios había solicitado llamando por teléfono a un bar de la Rambla. ¿Se trató realmente de un caso de locura transitoria? Si tal fue, explorar esa vía podía ofrecer algún interés, incluso desde un supuesto punto de vista no-argumental, como quería el director. Sin embargo...

Para salir de dudas consulté el expediente una vez más y tomé un mogollón de notas, en un vano intento de hallar algún hilo que permitiera establecer una mínima lógica secuencial.

Jefatura Superior de Policía. VI Brigada Regional de Investigación Social.

Asunto: Antecedentes de Carolina Bruil Latorre. Expediente B-7 (14-2-45) y B-8 (17-3-49). Resumen para uso interno.

Nacida en Teruel el 5 de abril de 1917, se traslada a Barcelona con 18 años para emplearse como sirvienta y al poco tiempo se abre paso en el mundo de la farándula del Paralelo como bailarina y contorsionista. En el verano de 1940 empieza a darse a conocer actuando en las varietés de algunos locales (cine Selecto y cine Moderno) con el nombre artístico de «Chan-Li», o «la China», y posteriormente se exhibe medio desnuda en un número muy procaz titulado «La Gata con Botas». Sin antecedentes.

Casada en 1938 con el que se hace llamar Jesús Yoldi Pidal, 35 años, exempleado en una distribuidora cinematográfica y actor aficionado en una agrupación de teatro no profesional de Gracia con sede en la calle Ros de Olano n.º 106. Sospechoso de ocultación de personalidad según Exp. B-6 (3-5-44). Su verdadero nombre podría ser Braulio Laso Badía, destacado activista de la antigua CNT con varias causas pendientes y en paradero desconocido. Laso Badía ha sido considerado uno de los impulsores del clandestino Sindicato del Espectáculo de la CNT, con responsabilidad en la impresión y distribución de prensa y propaganda subversiva a través de las salas cinematográficas. En busca y captura desde principios del año en curso.

En la primavera de 1945, hallándose todavía Braulio Laso Badía en paradero desconocido, la supuesta esposa, Carolina Bruil Latorre, inicia una relación adúltera con Ramón Mir Altamirano (en adelante R. M. A.) excombatiente de la División Azul y alcalde de barrio del distrito La Salud. El 28 de mayo, un mes después de iniciada esta relación, el llamado Jesús Yoldi Pidal, alias de Braulio Laso Badía, aparece ahorcado por propia mano en la glorieta sita en una azotea de la calle Legalidad, propiedad de un matrimonio amigo que le había proporcionado refugio y manutención desde que sobre él pesara orden de busca y captura. La causa del suicidio se atribuye a un arrebato de desesperación al tener conocimiento del adulterio de su mujer (sin confirmar).

Un año después, en fecha no precisada, Carolina Bruil Latorre, sin abandonar totalmente las varietés, se inicia en el ejercicio ocasional de la prostitución, al parecer inducida por su amante R. M. A. Pierde un hijo de 11 años, enfermo de tuberculosis, y acusa una progresiva dependencia etílica. Finalmente abandona la actividad teatral y se dedica plenamente a la prostitución, frecuentando bares y locales de la parte baja de la Rambla. Nunca trabajó en ningún burdel, iba por libre, y siguió unida a R. M. A.

Los datos siguientes están extraídos de declaraciones del asesino Fermín Sicart Nelo (Exps. F-16 y F-17, 23-1-49) siendo confirmados mediante investigación posterior.

En fecha 23-4-45, con motivo de las pesquisas sobre Liberto Augé Dalmau, 59 años, soltero, acomodador del cine Delicias, sujeto afectado por una elegancia maricona de una pulcritud extrema y ridícula, también es interrogado preventivamente Fermín Sicart Nelo, 26 años, proyeccionista de cine y compañero de aquel, que dice desconocer las actividades ilegales tanto de Augé Dalmau como de Yoldi Pidal y no estar al corriente de la posible doble personalidad de este, al que dice haber visto una sola vez, negando cualquier relación de carácter político o afinidad ideológica con él. Asimismo alega no saber nada de octavillas y prensa anarquista en las sacas de bobinas que recibe para la proyección y que pasan de un cine a otro mediante camuflaje y reparto, cuya comisión y responsabilidad se atribuye al susodicho Augé Dalmau, presunto afiliado al sindicato clandestino de la antigua CNT con largo historial en la organización y difusión de dicha propaganda subversiva. Se efectuó registro en la cabina de proyección del cine Delicias, en presencia del proyeccionista Fermín Sicart, antes de ser este trasladado a Jefatura e interrogado a fondo, sin hallar pruebas. Posteriormente fue puesto en libertad, en tanto que Augé Dalmau, llamado «el Germán» y con claros indicios de mariconería probablemente vergonzante y no asumida (sin confirmar), era sometido a estrecha vigilancia.

Hay indicios de que Augé Dalmau pudo estar relacionado con el entramado anarquista que en julio de 1947 perpetró el vil asesinato de Eliseo Melis, el confidente que tantos y tan buenos servicios prestó a la VI Brigada. Sin confirmar.

En septiembre de 1947, la prostituta llamada Carolina Bruil Latorre, conocida como «la Carol», inicia una relación íntima con el interfecto Fermín Sicart Nelo, operador ayudante del cine Delicias, al que ocasionalmente presta servicios sexuales en el mismo lugar de trabajo.

Se da el caso de que en este cine de barrio de programa doble trabaja como operador jefe y ocasional acomodador Liberto Augé Dalmau (Exp. C-3 / 12-4-39 / y C-4 / 21-3-45), amigo y sospechoso de complicidad con el difunto Braulio Laso Badía (alias Jesús Yoldi Pidal). Y en este escenario tienen lugar los hechos que a continuación se exponen:

La tarde del 11 de enero de 1949, Carolina Bruil Latorre efectúa una visita a su amante y cliente Fermín Sicart Nelo en el cine Delicias y es asesinada por este en la cabina de proyección mediante estrangulación. El dictamen forense aprecia muerte por asfixia y señala huellas de estrangulamiento causadas por cinta de celuloide cinematográfico de cantos afilados, que han causado heridas en el cuello.

En el primer interrogatorio, el asesino alega bloqueo mental y no recuerda qué le impulsó a la comisión del crimen.

Informe Psicológico (Coronel Tejero-Cámara, 29-1-1949)

Dado el número de preguntas sin respuesta y las pruebas adicionales disponibles para su evaluación, tales como la memoria errática del reo sobre el móvil del crimen y sobre las veinticuatro horas anteriores al mismo, además del dictamen del forense con

fecha 14-1-1949, la conclusión del primer examen psicológico es
que la causa del delito pudo ser un arrebato súbito e imprevisible
cuyas consecuencias no previó el reo…

Aturdido frente al batiburrillo de prosa congelada, fechas anodinas e imágenes posiblemente manipuladas, Carolina Bruil Latorre se me apareció varias veces bajo la luz de un relámpago moviendo las caderas con una coquetería nada convincente, una calculada mansedumbre, como si improvisara un burdo juego de seducción para un cliente paleto… Las variantes a la escena que anoté cuando todavía no me servían de nada o de casi nada, hoy se me antojan una verdadera epifanía: sentada sobre una pila de latas, espatarrada, en el rincón más oscuro de la cabina de proyección, con medias negras y la gabardina echada sobre los hombros, un bocadillo de mortadela en una mano y en la otra una botella de vino, gentileza del proyeccionista, sonríe diciendo «date prisa», pero prevalece en su expresión una tristeza honda, asumida, el consentimiento resignado que presagia el fin. Deposita la botella y el bocadillo sobre las latas y recoge del suelo la serpiente de celuloide anillada, la cuelga alrededor de su cuello, y, acto seguido, en un gesto que la costumbre ha despojado de todo encanto, se cimbra y adelanta una pierna dejando asomar el muslo entre los faldones de la gabardina. Segundos antes de sentir la afilada película en su garganta ya sabe que va a morir, y sobre la ceniza de sus pupilas se cierra el párpado lento y pesaroso. Durante un breve instante, ambos, víctima y verdugo, más allá de la cansina incitación de ella y de la fogosa respuesta de él, parecen presentir la inminencia de una fatalidad. Porque no es solamente el deseo ni el azar ni la soledad lo que esta lluviosa tarde de enero les ha unido en un escenario tan inapropiado para el comercio sexual, un oscuro cuchitril que huele a nitrato…

Párate, no te pagan por plantear enigmas y mucho menos por indagar en ellos, me decía a menudo. Sin embargo, ese tosco reclamo sexual de la prostituta propiciando el primer movimiento de una escena muda bien podría anteceder al brutal asesinato, un plano cuyo sentido entonces se me escapaba, pero que acaso acabaría siendo, me gustaba suponerlo, una imagen seminal: un encuadre que no quedara en simple hallazgo estético (la tentación más persistente en la filmografía de Héctor Roldán), sino que fijara la pulsión primera de una misteriosa catarsis emocional. Pero tal suposición resultó prematura, como tantas otras. El plano se congeló en mi retina y lo archivé junto con lo demás.

3

Afortunadamente disponía de tiempo para hacerme el remolón, de modo que decidí alternar la trágica historia de Carolina y Fermín con un proyecto personal que me estimulaba mucho más: retomar el segundo borrador de una novela que avanzaba con mucha dificultad desde hacía seis meses, con frecuentes períodos de sequía —períodos que tiempo después aumentarían su frecuencia, hasta el punto de que el borrador acabaría abandonado en un cajón y no sería rescatado hasta pasados veinticinco años—. Se trataba de una compleja trama de ficciones que no surgía de ningún maldito encargo y que a ratos me permitía olvidar la película y recuperar cierta dignidad y decoro en la escritura. Pero solo a ratos, ya he dicho que últimamente tampoco por ese lado las palabras se me daban mejor. Por alguna razón, al convocar el tiempo ido, sentía el peso de una castradora censura oficial que, paradójicamente, ya había sido abolida, ya no existía en 1982: aquel insidioso mandato de no llamar a las cosas por su nombre. Ocurría que algunas palabras demasiado tiempo evitadas y arrumbadas, como si aún les afectara el expolio y el descrédito sufrido durante tantos años, perdían de pronto su referente ante mis propios ojos y mudaban de significado, enmascaraban su verdadero sentido y me daban insidiosamente la espalda. Tenía la impresión de extraerlas penosamente una tras otra del fondo de un pozo negro. Las palabras estaban ahí, en el papel, pero permanecían embozadas, mirando hacia otro lado y persistiendo en su falsedad. Me invadía en estos momentos la sensación de que las palabras que necesitaba, las precisas y pertinentes, las insustituibles, las únicas que me valían, las que no me dejarían desarmado ante la página en blanco, restaban en el fondo del pozo negro sometidas a la censura y al escarmiento. Aquellas vivencias y emociones que habían sido durante tantísimo tiempo innombrables y enterradas en el silencio, aquellas palabras condenadas hasta ayer mismo al mutismo dictatorial, y que ahora ya podían y debían ser convocadas inexcusablemente sin temor a represalias, persistían en mantener su impostura y en traicionar el sentido al que se debían.

Tal era la sensación de impotencia que me invadía esa calurosa tarde del mes de julio, después de cinco horas amarrado al escritorio frente a media docena de folios manuscritos. Y es que eran tiempos en los que muchas cosas y las palabras que designan tales cosas no estaban todavía unidas del todo; y debo aclarar que no estoy hablando de una obra testimonial o de denuncia, arriesgada y significante, que se supone habría guardado el amedrantado escritor en el fondo de un cajón durante años en espera de publicarla tras la caída del Régimen, y que, al llegar por fin el día de exponerla a la luz de la libertad, se revela justamente ni significante ni testimonial ni arriesgada, fatalmente urdida con palabras que tampoco ellas, ni siquiera en la clandestinidad y a espaldas de la censura, pudieron librarse del expolio, la distorsión o la propia impostura. No, no es este el caso. Me estoy refiriendo a un borrador escrito ayer mismo y que está comportándose aviesamente, como si hubiera sido redactado en plena dictadura: cautivas, marrulleras, afásicas, las palabras no decían más que vaguedades. Acabé por apartar los ojos y el pensamiento ante su clamorosa falsía y molicie, y, seguramente para contrarrestar de algún modo tan persistente penuria verbal, síndrome remanente de casi cuarenta años de autocensura (en mi imaginación, al menos, aunque soy consciente de mis tenaces deficiencias), se me ocurrió gastarle a nuestra vieja asistenta una broma inocente y bastante burda.

—Felisa, cuando llegue el asesino —dije impostando pérfidamente la voz—, hágalo pasar a la terraza. Le sirve una cerveza y que me espere.

Felisa acababa de entrar en el estudio escoba en mano con el pretexto de barrer, como solía hacer todos los días al caer la tarde, aunque hoy sabía muy bien que el parqué estaba impoluto, pues ella misma había pasado el aspirador hacía apenas tres horas. Escuchó la orden, apoyó las manos y el mentón en el palo de la escoba y se quedó mirándome con sus grandes ojos inteligentes. «Asesino» era una palabra que tal vez para ella también se había vaciado de sentido. Horas antes, al comunicarle que esa tarde esperaba una visita importante, instándola a comprobar el contenido de cervezas y refrescos en el frigorífico, no consideré necesario ni oportuno añadir que el visitante esperado, el señor Fermín Sicart, había estrangulado a una mujer hacía más de treinta años, pero ahora, al calificarle de asesino sin previo aviso, lo normal habría sido un respingo de su parte, cuando menos algún signo de sorpresa o de mera curiosidad. Sin embargo, la nada ingeniosa bromita, una distracción inocente que se concede un palabrero vocacional después de perder una tarde entera emborronando papeles, no surtió el menor efecto. Sin inmutarse lo más mínimo, con el cigarrillo humeando en las burlonas comisuras de la boca y con las manos firmemente asentadas sobre el palo de la escoba, mi asistenta me dedicó el conocido y bien lubricado parpadeo de sus grandes ojos grises, una mirada esquinada y malévola que ni la mismísima Bette Davis en su mejor época habría superado.

—¿Con la copa helada o normal? —preguntó.

—Pues no sé, como él prefiera. Es probable que le guste la cerveza helada. —Y añadí, incongruentemente—: Mujer, se trata de un asesino.

—¿Cómo lo sabe?

La miré un tanto confuso.

—¿Cómo sé que el visitante es un asesino?

—No —dijo—. Cómo sabe que le gusta la cerveza helada.

Ninguna señal de alarma, ni siquiera la sombra de un leve escalofrío. O su anciano oído estaba hoy peor que de costumbre, o bien le daba lo mismo abrirle la puerta a un criminal convicto y confeso que a su ángel de la guarda. Intuí que Felisa tenía una de esas tardes en las que su peliculera cabeza se regía por una sola idea: sacarme unos duros con sus acertijos de celuloide, así los llamaba ella, un entretenimiento que yo aceptaba por complacerla, no sin cierta deprimente sensación de estar haciendo méritos para mi pronto ingreso en un geriátrico.

—Ahora corre y dile a tu madre que todo está arreglado, y que ya no queda ninguna pistola en el valle —entonó con su voz pastosa.

—Ahora no, Feli, por favor —supliqué.

—Un duro si sabe quién le decía eso a un niño rubio de ojos asombrados. Piénselo, y verá que es muy fácil.

—En otro momento —me excusé amablemente—. ¿No ha oído lo que le he dicho? Espero una visita muy especial.

—Ya, muy especial.

La observé de reojo mientras nuevamente simulaba barrer, cabizbaja, sin duda rumiando alguna estratagema. Pensé en mi mujer: siempre había tenido razón, desde el primer día dijo que Felisa nunca se comportaría como una sirvienta al uso, y ahora ya era demasiado vieja y resabiada para someterla a ninguna disciplina. Además, aún presumía de haber vivido siempre su soltería y su soledad como una militancia, incluso cuando la pretendía un novio tardío, un tal señor Pàmias, cinéfilo maduro y facha muy repeinado que la piropeaba diciéndole que se parecía a una bella actriz de confuso origen italiano llamada Irasema Dilián, reciclada en el acartonado y purulento cine español de los años cuarenta y hermana secreta —según le reveló un lejano día el señor Pàmias en tono confidencial, no exento de cierta tórrida excitación— de Claretta Petacci, la infortunada amante de Benito Mussolini; fantasía que se me antojaba una secreción erótica y surrealista del italianizante fascismo español de aquellos años.

En aquel entonces Felisa ya había superado la treintena de largo y seguía ayudando a su padre viudo en una pequeña tienda en la calle Urgell, dedicada a la compraventa de fotos y viejos carteles de cine y toda clase de revistas antiguas, películas noveladas, postales y programas de mano para coleccionistas. Solía vérsela en un rincón al fondo de la tienda, inclinada sobre los ficheros de un completísimo archivo que su padre había iniciado en tiempos del cine mudo y en el que uno podía encontrar de todo, según Felisa, incluso el dato más recóndito e insólito, por ejemplo el nombre de los actores secundarios o del montador de la versión fílmica de *María Rosa*, el drama del catalán Àngel Guimerà rodado en Hollywood en 1916 por Cecil B. DeMille. Por cierto que aquella filial y constante dedicación al archivo me estaba costando no pocos duros, como se verá más adelante. La tienda de su padre, hijo de inmigrantes andaluces que vinieron a Barcelona a trabajar en las obras de la Exposición Universal de 1889 y se asentaron a la vera de Montjuïc, fue durante mucho tiempo una referencia ineludible para cualquier coleccionista cinéfilo. Cuando el hombre murió, en el año cuarenta y siete, ella sostuvo el magro negocio un par de años más, luego lo liquidó y el dinero que obtuvo se lo gastó en un viaje a Venecia. Al volver se puso a servir en casa del señor Pàmias, ya casado y con hijos, en una torre con jardín en el barrio de Horta, y años después, en las navidades de 1964, se presentó en casa enviada por una agencia de colocación cuyos servicios había solicitado mi mujer. Sus referencias eran buenas, pero nunca nos explicó por qué se despidió a la francesa del anterior trabajo en casa de su antiguo adorador, el señor Pàmias. Una vida de cine.

—Todo el día encerrado aquí —dijo Felisa dando escobazos a nada—. Esto no puede ser bueno. Desde que Carmen y los niños se fueron no ha salido a la calle. Y si viera la pinta que tiene… ¿Se ha mirado al espejo?

—Felisa, sea buena conmigo, que me queda aún bastante trabajo…

—Le prometí a su mujer que le cuidaría.

—Está bien, pero no necesito una enfermera ni una esposa suplente, y mucho menos una suegra.

—¿Hoy no va a nadar?

—Hoy no toca.

—Debería ir todos los días.

—¿Quiere por el amor de Dios tener compasión —le rogué en tono de guasa— y limitarse a ser la queridísima Feli que siempre ha sido para los niños y para mí, con más de quince años de impecable servicio en esta casa?

—Humm —gruñó. Se mantuvo callada un ratito antes de volver a la carga—: Tengo otra muy fácil.

—No estoy para adivinanzas, Felisa, hoy no, de verdad. Y oiga, pocas bromas con el individuo que espero.

—Quienquiera que sea, siempre he confiado en la bondad de los desconocidos. ¿Quién dijo eso? Seguro que lo recuerda. ¿Quién es esa pobre mujer que se declara tan desvalida, y en qué película? Cinco segundos, y va un durito en la apuesta.

Me armé de paciencia.

—Pero bueno, ¿qué le he dicho? ¿Se ha enterado de lo que hay que hacer cuando llegue este hombre, sí o no?

—No se enfade, puñeta. A ver, lo hago para distraerle un poco. Trabaja demasiado. —Carraspeó y empezó a toser—. La bondad de los desconocidos. Y se deja llevar por el anciano caballero, cogida de su brazo. Lloré viendo este final. ¿Quiere una pista? Diez segundos.

Se tocó con la mano la melena corta y negra como ala de cuervo, misteriosamente juvenil. El flequillo inmemorial sobre la frente parecía pintado. Trasladó hábilmente el cigarrillo desde una comisura de la boca a la otra mientras seguía esperando con mirada burlona y falaz que reconsiderara mi negativa a colaborar.

—Veinte segundos, va —dijo achicando aún más los ojos y dejando que el humo del cigarrillo se enroscara en su carita aniñada y llena de arrugas—. Treinta segundos.

—Que no.

Como si oyera llover. Yo llevaba más de una hora bloqueado frente a media docena de folios esparcidos sobre el escritorio y masacrados de arriba abajo con anotaciones a mano. La profusión de tachaduras y correcciones garabateadas entre líneas y en los márgenes era tal que no quedaba ni un solo espacio en blanco, y lo que es peor, ninguna duda sobre la inutilidad de semejante esfuerzo. El deprimente espectáculo tampoco ofrecía ninguna novedad. Palabrería y humo. Me he pasado media vida embrollando borradores y otra media escarbando en ellos, y nunca abrigué esperanzas de que la cosa iba a mejorar con la edad y un supuesto dominio del oficio. Por el contrario, durante los últimos años la conciencia del fracaso personal no ha hecho más que consolidarse y a menudo siento como si arrastrara el pesado fardo de una impostura y una impericia que ya sería hora de asumir públicamente de una vez. No sabría explicar por qué, pero siempre llega un momento, cuando trabajo en un libro y me invade el desaliento, en que me siento como un impostor, una máscara, una persona disfrazada de escritor, alguien que ha usurpado la autoría de ese montón de páginas torturadas.

Fijé la atención en un párrafo reiteradamente corregido, removiendo los rescoldos en busca de un poco de calor. Ciertamente no había ni rastro de sentimentalismo, ni sombra de melancolía personal o de melosa querencia por nada, y eso era bastante alentador, pero tampoco parecía haber ni una brizna de tensión narrativa. Oraciones simples convertidas en ceniza, eso era todo lo que tenía después de casi cinco horas de trabajo. La forma no se adecuaba al contenido y las palabras seguían empeñadas en no decir lo que debían, sobre todo en ese párrafo, sinuoso y lleno de vacuas resonancias, y, por supuesto, tan lejos de alcanzar alguna dignidad literaria como yo de merecer un Premio Nobel de Física Cuántica.

«Algo terrible, en efecto —releí una vez más, rescatando la segunda o tercera versión enterrada bajo las tachaduras—, se estaba cociendo debajo de aquellos rizos oxigenados, pues aunque la primera impresión de los transeúntes había sido una muestra de sobresaltado estupor y de compasión al ver a la mujer recostada sobre los raíles del tranvía con las manos cruzadas sobre el pecho, tan indefensa, tan a merced de su propio desvarío, la escena, pensándolo ahora fríamente, era para echarse a reír de buena gana, pues nadie en sus cabales habría imaginado un dislate semejante, una muerte por atropello más imposible y estúpida.»

A ver, me dije, tal vez, si consigues dejar brevemente en suspenso la atención del lector mediante, por ejemplo, alguna observación pertinente sobre las sonrosadas manos de la suicida cruzadas tranquilamente sobre el pecho, o viéndola juntar los pies con rigurosa simetría sepulcral, o cerrando los mórbidos párpados tan despacio, tocados por el dedo frío de la muerte... Pero a todo esto, ¿qué papel me asigno yo, con quién me identifico, dónde me sitúo en ese meticuloso recuento de anodinos despropósitos? ¿Soy ese chico de pelo rizado, con alpargatas y camisa blanca, ese que vemos de espaldas con un libro bajo el brazo y abriéndose paso entre el grupo de vecinos y curiosos que rodea a la mujer tumbada sobre las vías, ese que mira de soslayo y aparentando indiferencia la cara interna del muslo que la bata mal abrochada deja ver? Bueno, no es fácil que uno se reconozca a sí mismo visto de espaldas, sobre todo en medio de otras imágenes ligadas al singular suceso que persisten con más fuerza, por ejemplo los tobillos un poco gruesos y suavemente sonrosados junto a los grises adoquines, el cutis de porcelana que sigue enviando su pálido fulgor a través del tiempo y los párpados de cera cerrándose despacio con alguna placentera visión que deja los labios entreabiertos ante la proximidad, el roce o la cadencia de otros labios, el aire de un beso anhelado. ¿Y no fue aquí, mirando el carmín derramado en esa boca y el puñal de seda en ese muslo, con los cuervos olisqueando todavía la carroña y la muerte al pie del Kilimanjaro y con el aullido de la hiena en medio de la noche, no fue aquí, con el libro primordial sujeto bajo el brazo y la controversia sanguínea entre el corazón y el sexo latiendo en las venas, donde le nació al chico su nostalgia de futuro, la ensoñación secreta que marcaría su destino, aquella otra calentura juvenil que iba más allá de la que podía suscitar el cuerpo yacente de la señora Mir o el de su hija Violeta dejándose acariciar los pechos en un callejón oscuro?

Pero la maulería y la impostura de las palabras persistía. Tiré el bolígrafo sobre los papeles y me recosté en el respaldo de la silla entrelazando las manos en la nuca. El problema, me dije, radica tal vez en la discrepancia entre el hombre domado y descreído que hoy intenta revivir aquel episodio, y el muchacho indómito y febril que lo vivió hace muchos años.

Y nuevamente la voz de Felisa, como si llegara desde la otra cara de la luna:

—«Si yo fuera un rancho me llamaría Tierra de Nadie» —entonó con un matiz de coquetería pasado de rosca. Había dejado de barrer y me miraba fijamente—. Lo dice una seductora pelirroja que en la vida real fue muy desgraciada. Adivine.

—No tengo ni idea.

—No es posible que haya olvidado aquel deslumbrante golpe de melena que erotizó a toda una generación…

—¿Por qué insiste, mujer despiadada?

—Le conviene ventilarse un poco.

—Lo que de verdad me conviene es un whisky con un poco de agua.

—Normalmente, a esta hora el señorito ya se ha ido a nadar o se ha tumbado en la terraza con un libro.

De nuevo me armé de paciencia.

—Por favor, Felisa. ¿Ha oído lo que he dicho?

—El señorito tendrá su whisky en un minuto. Pero antes nos jugamos el duro, venga.

—Yo no me juego nada con una estafadora. Esto es un abuso, que conste.

Sabía que no iba a darse por vencida. En ocasiones, al caer la tarde, con los primeros murciélagos rondando la terraza, la compañía y los acertijos de la querida e imbatible cinéfila podían constituir un amable entretenimiento, pero también podían convertirse en una pesadilla.

—Un rancho abierto para todos —insistió—. ¿Le doy una pista? Ocurre en Buenos Aires... ¿No? Bueno, a ver esta otra: «No me interesan los patriotas, llevan la bandera en una mano y con la otra van vaciando los bolsillos de la gente». Lo dice una sueca hermosa y sana como una manzana... ¡Venga!

Exhausto y sin esperanzas, como un condenado a galeras, adelanté los brazos y me acodé otra vez en el escritorio con la frente rendida. Pero no le dediqué a la maldita adivinanza ni un segundo, porque, súbitamente, en el tercio inferior de uno de los folios más emborronados, en medio de un párrafo de seis líneas convertido en un galimatías de palabras tachadas, remendadas y finalmente sustituidas, algo había empezado a moverse reclamando mi atención. Urgido por signos que remitían a pequeños bloques de anotaciones en los márgenes del papel, uno de los renglones desechados y machacados se incorporó y con su negra pezuña me abofeteó, luego se encaminó muy tieso y ufano hacia la parte alta del folio y, abriéndose paso a codazos, se acomodó entre las líneas tercera y cuarta y allí se recostó, en el lugar que ciertamente, pensándolo bien, le correspondía. Enseguida, algunas oraciones perdieron la máscara de la antigua impostura y empezaron a mirar en la buena dirección. Levanta ese ánimo, pelmazo, me dije, no todo está perdido: debajo de tan insidiosos borrones aún transpira el sueño de otra vida, más intensa y más verdadera que esta. Ya no hay imágenes ni asuntos prohibidos ni palabras clandestinas, ya no hace falta encubrirlas o suplantarlas o decirlas en voz baja, de modo que después de recostar la cabeza sobre el raíl del tranvía, sobre ese hierro inmemorial oxidándose semienterrado en los viejos adoquines de la calle Torrent de les Flors, la pobre señora vuelve a cruzar las manos sobre el pecho con devoción aparentemente suicida y se queda quieta, esperando una muerte imposible...

La voz de humo de Felisa me sacó de mis reflexiones:

—Así pues, debo comportarme con naturalidad al abrirle la puerta a este señor. —Apagó el cigarrillo en el cenicero de mi mesa, se aclaró la garganta y añadió—: ¿Es eso lo que quería decirme?

—Más o menos. Pero tranquila, no corremos ningún peligro.

—Ahora comprendo por qué su mujer cogió a los niños y se fue tan lejos. Para no verse obligada a atender a un criminal en su propia casa.

Carmen había viajado a Holanda a visitar a su hermano. Hacía veinte años que no se veían. De buena gana me habría ido con ella y los chicos a pasar las vacaciones allí, dos meses sin hacer otra cosa que pasearme entre tulipanes y navegar por los canales de Amsterdam, pero el jodido guión me iba a retener en esta ruidosa ciudad en compañía de un viejo asesino y recibiendo puntuales visitas de peliculeros envanecidos y sin escrúpulos, lo cual no parecía conmover a Felisa en absoluto.

—¿No le parece suficiente sacrificio a doña metomentodo?

—Servidora no sabría decirle.

Pensé que era hora de dejarse de bromas y que debía ponerla al corriente del asunto, evitando cualquier alarma o equívoco. Me habían encargado el argumento de un guión cinematográfico basado en un suceso real, le dije, un crimen cometido años atrás en un cine de esta misma barriada, y tenía que documentarme. No le dije que llevaba dos semanas sin meterme de lleno en el asunto, por falta de datos y de ganas, y que prefería dedicarme a lo mío.

—Y puesto que aún vive el asesino… —añadí, y me corté. De pronto, «asesino» se me antojó otra palabra que salía de la oscuridad, espectral, cubierta de polvo y telarañas y ciertamente vacía de sentido—. Bueno, es una forma de hablar… El caso es que el hombre que espero tiene información de primera mano sobre el suceso, y me va a asesorar. Tan de primera mano, Felisa —añadí vengativamente, midiendo las palabras—, que el autor de aquel crimen horrendo es precisamente él en persona. En carne y hueso, vaya. Se llama Fermín Sicart y era proyeccionista en la cabina del cine donde ocurrió todo hace más de treinta años… Sí, no ponga esa cara. ¿Quién podría informarme mejor sobre lo ocurrido?

Y por supuesto no había por qué alarmarse, me apresuré a añadir, el hombre había pagado por el crimen a su debido tiempo. En su día fue juzgado y cumplió condena, y es de suponer que hoy era otra persona. La idea de asesorarme directamente con el asesino me la había sugerido el productor de la película, que años atrás inició contactos con él para un proyecto que entonces no prosperó. Me dijo que sabía de seguro que el señor Sicart accedería gustoso a proporcionarme información a cambio de algún dinero, poco o mucho, eso no lo sabía; en todo caso me dio su teléfono, yo le llamé a su casa y él se había mostrado amable y dispuesto.

—Así que ante él procure comportarse con naturalidad —previne a Felisa—, sin mirarle con el rabillo del ojo ni nada de eso, y mucho menos acosarle con preguntas. Que en tiempos fuera proyeccionista de cine no quiere decir que sepa de películas, quizá ni le gustan. Y yo por mi parte he de ganarme su confianza, de lo contrario habré perdido el tiempo y el dinero.

Una vez informada, después de parpadear con un ritmo ligeramente más rápido que el habitual, mi asistenta consideró insuficiente lo oído y quiso conocer más detalles, pero le dije que de momento no había gran cosa más. ¿No se acordaba de aquel crimen? Seguro que sí, fue muy comentado en la ciudad.

—Ella era una pobre fulana, ¿no? —inquirió entornando los sobrados y pesarosos párpados, como si repelieran el recuerdo—. Sí, fue horrible. Estrangulada con una película, creo... ¡Uf! Hace la tira de años.

Le refresqué la memoria. Ocurrió a principios de enero de 1949. Yo tenía dieciséis años recién cumplidos y recuerdo que en el barrio no se habló de otra cosa durante mucho tiempo. Dos amigos míos, dos chavales de mi calle, estaban aquella tarde en el cine Delicias y me contaron que, poco antes de que ocurriera todo, la proyección se interrumpió porque la película se había quemado. Trincaron al asesino enseguida, le cayeron treinta años, cumplió un tercio de la pena y, al salir de la cárcel, pudo rehacer su vida. Hoy el señor Sicart era un apacible jubilado que jugaba a la petanca en el paseo de Sant Joan, no lejos de esta casa. Vivía en una modesta pensión de la calle Indústria, solo, y solía dar largos paseos.

Mientras escuchaba, Felisa cargó con la papelera repleta y retiró de mi mesa el cenicero que solo había usado ella.

—Ya —dijo—. ¿Y hoy ha estado trabajando en eso?

—Más o menos. —Lancé una torva mirada a los folios torturados—. Pero hay demasiadas cosas que no sé todavía. Necesito hablar con el señor Sicart y que me las aclare.

—Se está haciendo usted viejo —dictaminó Felisa—. Bueno, regaré las plantas de la terraza antes de que llegue ese... como se llame. ¿Necesita algo? ¿Quiere un té?

—No.

—¿Lo quiere con limón?

—¡No! A ver, ¿en qué habíamos quedado, querida Feli?

—Tenía ocasión de ganarse otro durito, y la ha perdido. Lástima. ¿Lo quiere con azúcar?

—No quiero nada. Luego tomaré una cerveza con el señor Sicart.

—Como guste.

Antes de salir del estudio, ya en la puerta, se volvió a mirarme con la papelera en la cadera y el cenicero y la escoba en la otra mano. Empezaba a oscurecer, y la escasa claridad que aún entraba por la ventana ponía un tinte rojizo en su expresión pícara y afectuosa, no desprovista de recelo. Pensé que mi mujer tenía razón cuando me dijo hace dos semanas, al emprender el viaje a Holanda, que Felisa se sentiría sola sin los chicos y sin el trajín habitual de la casa, y que yo haría bien procurándole alguna ocupación extra que la hiciera sentirse necesaria.

Pero me temo que lo único que hice fue meterle miedo en el cuerpo. Tal vez era verdad que desde la muerte del dictador las palabras decían otra cosa, y yo aún no me había enterado.

4

5. CINE DELICIAS. INTERIOR DÍA.

ABRE FUNDIDO EN NEGRO

Como un diamante que lanza destellos en la oscuridad, así se muestra la hermosa cantante y bailarina de cabellos de fuego segundos antes de que su imagen se congele en la pantalla. Primero pierde la voz súbitamente y casi por completo, y esa repentina afasia acentúa aún más la sugestión lasciva de unos labios brillantes de carmín moviéndose procaces, proponiendo quién sabe qué deleites, vocalizando turbadoras emociones sin necesidad de palabras ni de música, como si estuviesen libando una sexualidad escabrosa, furtiva, decididamente obscena.

En la sala suenan los primeros silbidos y pataleos de protesta mientras dos muchachos, sentados en la primera fila, desnudan y devoran con los ojos a la fulgurante estrella que acaba de enmudecer. Su canción ya no se oye pero su cuerpo aún se cimbra y provoca, y ellos, hechizados y enardecidos, con el rabo tieso entre las piernas, siguen escuchando y mirando con la boca abierta: no se han colado en la platea de este pringoso cine de barrio, arriesgándose a recibir algún sopapo del acomodador, para que una avería del proyector o un desgaste excesivo de la película les deje con un palmo de narices. Todo ocurre en solo unos segundos que se hacen eternos. Aunque la boca se ha quedado ya sin melodía, los labios se mueven turbadores y untuosos, como si bisbisearan una pura entelequia sexual, de modo que siguen ofreciendo tórridas posibilidades.

Pero de pronto, cuando más provocativa está resultando la actuación silente de la bella, más explícita su sonrisa y más insinuante el contoneo de su cuerpo enfundado en el vestido negro de satén, cuando abre los brazos en un gesto amplio y fogoso de posesión que alcanza a la totalidad del público del casino y también del cine, un abrazo amoroso que llegará con el tiempo a los más remotos rincones del ancho mundo y alcanzará a futuras generaciones de rendidos admiradores, cuando ya el cuerpo filmado en rutilante blanco y negro se ha convertido en puro sexo bajo la luz de los focos, y ella, con maliciosa lentitud, se quita del brazo el largo guante y lo agita en el aire haciendo molinetes, entonces la imagen se congela y brota súbitamente en torno a su deslumbrante cabellera una tímida constelación de manchas grises y marrones, como un sarpullido o como pequeñas burbujas de un ácido corrosivo. La bella aún ha tenido tiempo de arrojar el guante al público del casino que la aclama, y también el collar que alegremente se arranca del cuello; incluso ha podido iniciar, con pícara parsimonia, el gesto de bajar la cremallera en el costado de su vestido, pero poco más puede hacer antes de quedarse fijada y a merced de la corrosión del celuloide que la rodea y avanza imparable. Al principio son manchas difusas, pequeñas mariposas de luz que revolotean alternando su posición, como si no acabaran de decidirse a permanecer, algunas se funden al instante como pompas de jabón y otras se expanden y se ennegrecen como manchones de tinta, hasta que la mancha más grande y activa gana rápidamente terreno y empieza a absorber a las demás y a todo lo que encuentra a su paso, primero la cabellera de reflejos cobrizos, que una luz soñada iluminaba por detrás de la cabeza, y enseguida la cara hermosa, borrando de paso el fulgor de la sonrisa y los ojos alegres, después los hombros de seda y acto seguido los pechos, las ondulantes caderas y la mano tocando ya la cremallera, anunciando el inmediato desnudo.

La imagen congelada se desvanece por fin totalmente, se encienden las luces de la sala y arrecian los silbidos y las protestas del público.

Corte a cabina de proyección, las manos del operador tirando fuertemente de la cinta bloqueada, asegurándose de que la llama, de haberla, no alcance el rollo en el bombo. Como suele ocurrirle, se excede en el tirón por las prisas, y, al cortar, elimina casi un metro de película. Sentado a la mesa frente a la empalmadora, dispone el frasco de acetona y el pincel. Ha tirado al suelo el sobrante, el negro tirabuzón de celuloide con su satinada ristra de fotogramas, y procede rápidamente a empalmar la cinta. Lame la gelatina de la película con la lengua, rasca los bordes con una cuchilla de afeitar y pega las partes con acetona, soplándola para activar su efecto. Terminado el remiendo, antes de volver a poner en marcha el proyector, dirige una sonrisa hacia un ángulo de la cabina.

Sentada junto a una pila de latas cubiertas por un saco de lona, una mujer desnuda, con medias negras y un ajado abrigo de astracán echado sobre los hombros, mordisquea un bocadillo mientras observa el trabajo del proyeccionista. Se levanta, hace chasquear la liga malva sobre un muslo níveo y se acerca a él sonriendo.

Corte a la platea del cine con las luces encendidas y la pantalla en blanco. Arrecian los silbidos y el pateleo del público, mayormente vecinos del barrio. Uno de los muchachos le da con el codo al amigo y se lamenta:

MUCHACHO 1: ¡No hay derecho! ¡Ahora que se iba a desnudar!

MUCHACHO 2: ¡Ondia, sí! ¡Ya se había quitado un guante!

MUCHACHO 1: Es la censura, chaval. Cortan los besos, las piernas, los culos y las tetas. ¡Jolines, qué rabia! Cuando vuelva a salir, ya no enseñará nada, ¿qué te juegas?

Por fin las luces se apagan y también los silbidos y el pateo del público, y la proyección se reanuda en el momento en que unos empleados del casino sujetan y obligan a retirarse de la pista a la provocativa cantante y bailarina, completamente vestida, descocada y riéndose, en absoluto avergonzada por lo que ha hecho.

El muchacho golpea de nuevo con el codo el flanco de su amigo.

MUCHACHO 1: ¿Lo ves? ¿Te das cuenta de que falta un trozo de peli?

MUCHACHO 2: ¡Claro! ¡Está cortada! ¡Ella se estaba quitando el vestido!

MUCHACHO 1: ¡Exacto! ¿Has visto cómo se abría la cremallera del costado? ¿Lo has visto?

MUCHACHO 2: ¡Lo he visto!

MUCHACHO 1: Pues fíjate en lo que viene ahora. El chico le atiza a la chica un bofetón de campeonato. ¡Mira! ¿Y sabes por qué lo hace? ¡Pues la pega porque ella se ha comportado como una puta!

MUCHACHO 2: ¿Sí? ¿Crees que es por eso, por desnudarse delante de todo el mundo como una fulana?

MUCHACHO 1: Como una puta. No es lo mismo que una fulana. Una puta es lo más tirado que hay, chaval, es casi como una furcia, que es la más cochina de todas…

MUCHACHO 2: Entonces, ¿la bofetada es por eso, por mala puta?

MUCHACHO 1: ¡Claro! ¡¿Por qué si no?! ¡No lo vemos porque han cortado ese trozo de peli, pero ella se ha desnudado completamente! ¡Y por eso él le atiza la hostia! ¡Está clarísimo, nano!

CIERRA FUNDIDO EN NEGRO

5

—Ya lo tenemos aquí —dijo Felisa.

Habría jurado que al oír el timbre de la puerta mi asistenta daría un respingo y acudiría a abrir remolona y con el corazón en un puño, arrastrando la escoba con desgana y perorando en voz baja, y que al encontrarse por vez primera en su vida frente a un asesino retrocedería dos o tres pasos, no por excederse en su actitud precavida, no exactamente por miedo, sino por un reflejo automático dictado por su propia naturaleza trapacera, por el gusto irrefrenable de actuar. Sin embargo, al anunciarme que efectivamente era él, el señor Fermín Sicart, pude leer en sus ojos que no había sufrido ni simulado el menor sobresalto. Parecía más bien decepcionada, cumpliendo un tedioso trámite, aunque se comportó según lo ordenado: condujo al visitante en silencio y con paso vivo a través del salón hasta la terraza y allí lo dejó, de pie junto a la barandilla y enfrentado a la ciudad, contemplando el panorama de las nuevas azoteas alrededor del cercano campo de fútbol del C. E. Europa.

Me demoré un instante para observarle discretamente a través de la cristalera del estudio que da a la terraza. Le vi darse vuelta y acercarse con andares toreros a la mesa y a las cuatro sillas metálicas bajo el parasol naranja, pero no se sentó. Fumaba un cigarrillo con gestos parsimoniosos y expresión reflexiva. Que treinta años atrás este hombre resultara atractivo para las mujeres, según se deducía de su expediente y de algunas fotografías de la época, resultaba difícil de creer. Nuestro asesino era un hombre que andaría en los sesenta y aparentaba muchos más, de escasa estatura y más bien canijo, pero muy tieso todo él, como arañando centímetros en el aire con la cabeza, el cuello largo y estirado y los hombros caídos, con un rictus amargo en la boca y el pelo negrísimo teñido y repeinado hacia atrás. Se escudaba en unas gafas oscuras de montura metálica, redondas y anticuadas, de vendedor de cupones, y su envaramiento corporal se veía virilmente magnificado por la gabardina echada sobre los hombros y por algunos toques en la vestimenta no exentos de una coquetería demodé, como llevar el cuello de la camisa blanca alzado en la nuca y aplanado sobre las solapas de la americana gris marengo. Los pantalones de dobladillo y con raya le quedaban algo cortos sobre unos impecables zapatos marrones y blancos. En general, pese a las gafas oscuras y a la apostura hierática, aplomada, su aspecto resultaba bastante cómico y desde luego inofensivo. Todo él parecía una reliquia de la España triste, remendada y presumidita de la posguerra, y solamente su persistente tiesura sugería un amago de violencia contenida, o por mejor decir, empaquetada.

—Ahí le tiene —dijo Felisa a mi espalda.

—¿Le ha ofrecido algo de beber?

—No quiere nada.

Felisa sacó del bolsillo de la bata un paquete de cigarrillos, encendió uno y se quedó mirándome, achicando los ojos a través del humo. Esperé a ver si tenía algo que añadir, pero guardó silencio.

—Vamos, vamos, no actúe —le dije—. Seguro que este hombre no la ha dejado indiferente.

—¿Cómo iba a dejarme indiferente con esa pinta, esas gafas negras y esa gabardina del año catapún, en un día tan caluroso? ¿Lo ha mirado bien? ¡Es un condenado psicópata!

—No, en serio. ¿Qué impresión le ha causado?

Se encogió de hombros.

—Se parece al hombrecito que merecía mejor suerte. Lo envenenan, ¿recuerda? —dijo dándome bruscamente la espalda—. Piénselo. Estaré en la cocina.

Creía saber a qué hombrecito se refería, una sombra secundaria del buen cine negro de antaño, pero ya estaba hasta el gorro de adivinanzas.

Dos minutos después estrechaba la mano de Fermín Sicart y le agradecía su buena disposición a colaborar en un asunto que, añadí a modo de disculpa, no debía serle grato. Nos sentamos bajo el parasol de la terraza y le expuse con cierto detalle para qué le requería, añadiendo que esperaba que los muchos años transcurridos le permitirían hablar de aquel desgraciado suceso sin sentirse agraviado en ningún momento.

—No se preocupe por eso —respondió presto.

—En todo caso, permítame insistir en lo que ya le dije por teléfono. Si en cualquier momento tiene usted algún reparo en hablar de lo que sea, quiero que me lo haga saber de inmediato...

—Tranquilo —dijo con un leve gesto de impaciencia—. Usted pregunta, y Fermín responde.

Hablaba sin apenas mover los labios y con una voz rota que le nacía en el estómago. En mi tono más persuasivo, puro camelo, le expliqué que yo no estaba habituado a esta forma de trabajo, que nunca había recabado información de manera tan directa en un asunto tan delicado y emotivo. Emotivo para él, claro.

—Tendremos que revisar episodios de su vida que seguramente usted se ha esforzado en olvidar...

—Pregunte lo que quiera. —Cerró el puño sobre la mesa y carraspeó—. Lo que le venga en gana. —Guardó silencio, sonrió, carraspeó de nuevo y finalmente añadió—: Mucha pela, en este asunto, ¿no?

—¿Cómo dice?

—Que tienen pela larga. Los del cine.

—Ah. Pues supongo que sí. Cuando menos, ciertos productores. Pero se hacen muchas películas subvencionadas. Seguro que esta también.

Asintió en silencio. Supe de inmediato qué bullía en su cabeza. El día antes, por teléfono, le había hablado de una compensación económica por el tiempo que le haría perder, y ahora era el momento de preguntarle si había pensado en una cantidad determinada. Lo hice, y su respuesta fue encogerse de hombros con aire displicente. Pero me habría gustado ver sus ojos tras las gafas de ciego. Dejó pasar unos segundos y dijo:

—Lo que usted considere justo.

—No nos llevará mucho tiempo. Bastará una semana, tal vez dos, como máximo... —Pensé: dependerá de lo que esté dispuesto a contarme, pero lo que dije fue—: Dependerá de si oriento bien mi trabajo. Y de su memoria, claro. En fin, había pensado ofrecerle cinco mil pesetas. ¿Le parece bien?

Por primera vez percibí un amago de sonrisa en sus labios delgados.

—¿Por una semana?

—Podrían ser dos. —Y me apresuré a añadir—: En tal caso le pagaría el doble, por supuesto. ¿Tiene usted las tardes libres?

—¿Toda la tarde?

—Pues no sé... Digamos un par o tres de horas. A su aire, sin prisas. Cuando se canse, o se sienta agobiado por algo, paramos y lo dejamos para otro día.

Asintió, pensativo, frotándose el lóbulo de la oreja.

—¿Por una semana…? ¿Por qué no redondeamos la cifra y lo dejamos en seis mil?

La cifra no redondeaba nada y además me pareció abusiva. Adiviné su mirada escrutadora detrás de las gafas, esperando mi respuesta.

—De acuerdo.

—Estupendo. —Pareció relajarse, guardó silencio un rato y después, en tono animoso—: Y dígame, ¿quién va a hacer la película?

—Oh, un director de mucho prestigio.

—No, quiero decir quién hará mi papel.

—Ah. Todavía no han escogido a los actores. Es pronto para eso. ¿Acaso piensa usted en alguien en especial…?

—No, qué va. Desde que salí de la cárcel, hace casi veinticinco años, habré ido al cine media docena de veces. Antes estaba al día de las novedades, pero ya no. —Cruzó y descruzó las piernas con una calculada parsimonia, y añadió, con aire de no importarle la respuesta—: ¿Y el director de la película, dice usted que es bueno?

—Oh, sí. Buenísimo. —Llené mis pulmones de aire, como suelo hacer agarrado a borde de la piscina del club antes de dar la vuelta y sumergirme de nuevo para otro largo: propiciando más una ventilación mental que pulmonar. Aunque la verdad es que nadar me resulta mucho menos fatigoso y aburrido que definir el talento de Héctor Roldán. Quizá por eso, secretamente vengativo, añadí—: Ese director fue en su día todo un emblema del antifranquismo militante, y todavía lo es. Aunque, si nos atenemos al arte, un solo plano de Raoul Walsh, por citar a uno que hizo películas de aventuras, es mejor que toda su filmografía.

Ni siquiera pestañeó. Nombré un par de películas de Héctor Roldán, que al antiguo proyeccionista le sonaban, pero eran de la época que estuvo preso y no creía haberlas visto. Se expresaba bien, de una manera seca y directa. Confesó que no había leído ninguna de mis novelas y no cometió la tontería de disculparse por ello. Hierático, precavido y cortés, la espalda muy tiesa en la silla, seguía con la gabardina cuidadosamente echada sobre los hombros. Se me antojó de pronto que cualquiera de sus posturas no era otra cosa que una estudiada impostura, la sobrecarga fantasiosa o el perfume de un peligro dormido que, a pesar del tiempo transcurrido desde el crimen, él se creía aún capaz de sugerir: un guiño a su propia mitología personal, una especie de autohomenaje a su tenebroso pasado, del que no podía o no quería desprenderse. Decidí ir con tiento y empecé con preguntas sobre su trabajo como proyeccionista de cine. Conservaba recuerdos muy precisos del oficio.

—Ahora todo está modernizado, pero antes se necesitaba un buen aprendizaje —dijo con un calculado desdén—. Ahora tienes la película entera en una lata y la máquina lo hace todo. Solo hay que apretar un botón. Antes había que cambiar de bobina cada veinte minutos, porque cada bobina llevaba veinte minutos de película, ¿sabe usted?, y había dos proyectores, así que al hacer el cambio de uno a otro había que andar listo si no querías cargarte un pedazo de película y oír las protestas del público… No es por decirlo, pero yo era de los buenos al empalmar los rollos. Perdí muy pocos fotogramas. Y otra cosa importante: ahora ya no, pero en aquellos tiempos, las películas eran de nitrato y se inflamaban con facilidad. ¿Sabe usted qué solución teníamos en caso de incendio?

—Un extintor, supongo.

—No, señor. Un sifón.

—¿En serio? No puedo creerlo.

—Pues sí. Los carbones producían chispas, y si brotaba una llamita, ¡sifonazo que te crío! Yo tenía dos en la cabina y siempre los probaba antes de empezar la sesión. Sí, señor; siempre había un par de sifones cerca de los proyectores. Hablo de cines de barrio, claro. Y en el armario teníamos una manta húmeda para sofocar un posible incendio.

—Vaya, muy interesante.

—Es que había peligro de verdad. Sobre todo si tenías compañía femenina… —Sonrió, solicitando mi complicidad—. Ya me entiende.

—Oh, claro. —Me removí en la silla—. Verá, antes de abordar la cuestión principal, lo ocurrido en la cabina del cine Delicias aquel once de enero, me gustaría aclarar algunas cosas acerca de esa mujer…

—¿Se refiere a Carol?

—A Carolina Bruil Latorre, sí. Necesito saber de su vida, antes de dedicarse a la prostitución. Sabemos que actuó en teatros de variedades, y que fue confidente de la policía. Usted declaró que no tenía nada contra ella, y que la vio por primera vez aquel nefasto día...

—Mentí —cortó secamente.

—Ah, vaya. ¿Y por qué mintió?

—Pues bueno, no lo sé. Supongo que me pareció conveniente.

—Pero ¿por qué razón?

—Para protegerla. Aunque era una puta, la quise mucho, ¿sabe usted?

—¿Cuándo se conocieron? ¿Dónde?

—En el Panam's, un local de alterne de las Ramblas. Fue mucho antes de que ocurriera todo. En el año cuarenta y siete, creo recordar. Me la presentó una amiga, también del ramo, la Encarnita. Pero aquel día apenas me fijé en ella... Carol tenía un fulano fijo. Un falangista muy fardón, un chulo.

—Lo sé. Hablaremos de eso más adelante. El Panam's lo frecuentaban prostitutas, y usted llamaba por teléfono a ese local cuando quería compañía. Incluso durante el trabajo. ¿Digo bien?

—Es que allí estaba Encarnita, una puta ciega que vivía en mi calle...

—¿Ha dicho ciega?

—Bueno, entonces aún veía algo. Acabó ciega del todo, pero se las apañaba la mar de bien. En serio. Te lo hacía palpando, así al tacto… Y estaba muy solicitada, no crea.

—¿De veras?

—Tenía una manera de palpar, que…, bueno. —Sonrió, empujando las gafas sobre la nariz con el dedo corazón—. ¡De buten! Había sido masajista. Mi madre decía que sus manos tenían radiaciones curativas, o algo así.

—¿En serio?

—Mi madre la quería mucho, Encarnita era como de la familia. Cuando niña ya venía por casa…

—Bien, veamos. Usted solía invitar a esas prostitutas al cine, y luego merendaba o cenaba con ellas en la cabina, ¿no es eso?

—De vez en cuando. Si no les salía otro servicio, claro.

—¿Cuándo fue la primera vez que citó a Lina en el cine Delicias?

—¿Lina? Ah, es que yo la llamaba Carol. También le decían la Gata, o la China. Era su nombre artístico, de cuando trabajaba en las variedades. —Soltó un amago de risa gutural, agachó la cabeza y permaneció un rato callado—. A ver, déjeme pensar… Sí, la primera vez fue una tarde que Encarnita había quedado en venir al Delicias a merendar conmigo, o sea…, bueno, ya me entiende. Pero ese día Encarnita se puso enferma, o le salió trabajo, no recuerdo. El caso es que envió a su amiga Carol en su lugar.

—Y a partir de ese día, ¿cuántas veces?

—¿En el cine, o por ahí? Porque después nos vimos con frecuencia, casi siempre en el Panam's…

—No, en la cabina del Delicias.

—Carol me gustaba un montón, ¿sabe? Se hacía querer. Solo tenía un defecto, bebía mucho, se mamaba la hostia…

—Ya. ¿Cuántas veces?

—¡Oiga, esto tiene gracia! —Soltó una risotada bronca, con mucha carraspera—. ¡Es la jodida pregunta que nos hacía el puñetero cura en el confesionario cuando éramos niños!

—Pero no es lo mismo, ¿eh? —Y también me reí.

—¡Pues claro! Veamos… No sé cuántas. Yo diría que tres o cuatro.

—¿Solamente? Del año cuarenta y siete al cuarenta y nueve, cuando todo acabó, van dos años. Dice usted que le gustaba mucho, que llegó incluso a quererla, ¿y en esos dos años requirió sus servicios solamente tres o cuatro veces?

Se quedó perplejo un instante.

—No, fueron más. Seguro. Verá, Carol era una de esas putas finas que te pueden robar el alma… No sé si me entiende. Aunque usted no lo crea, se hacía querer de verdad.

—¿Quiere decir que usted se enamoró?

—Pues sí, yo diría que sí —admitió Sicart—. ¿Sabe qué era lo más bonito de su persona? Bueno, me lo callo… Era una puta muy cariñosa. Tenía un no sé qué oriental, unos ojos de chinita guapa. No sé cómo decirle. Una chinita callada y astuta, que se las sabe todas, ¿me entiende?, y es que también había trabajado en el teatro, como su marido, había sido bailarina en revistas del Paralelo y en locales de varietés. Sí, me sentía bien a su lado... Era una mujer que te escuchaba, que no daba ninguna lata, de esas que mientras follas con ella puedes seguir pensando en tus cosas, no sé si me entiende... Habría sido una buena esposa.

Me quedé mudo unos segundos. Luego comenté:

—Sin embargo, usted ha dicho que no se vieron mucho.

—Sí, perdone, he dicho tres o cuatro veces, pero seguramente fueron más. Verá, es que yo, follar con mi Carol, pero hacerlo de verdad, lo que se dice hacerlo con alma y corazón, y no solo con..., ya sabe, y perdone la expresión, quiero decir que follar así solo lo hice dos o tres veces en toda mi vida, y entonces, ¿sabe qué pasa?, pues pasa que uno guarda memoria sobre todo de esos dos o tres polvos, porque fueron la rehostia, lo que se dice polvos inolvidables, como de enamorados, digamos. Qué quiere, es la cochina verdad...

—Está bien, lo entiendo.

—... y usted perdone, a veces no sé explicarme.

—Se explica perfectamente. En todo caso, ¿siempre fue en la cabina del Delicias?

—Casi siempre.

—No parece un sitio muy adecuado para...

—Para lo que usted piensa, quizá no. Pero todo es ponerse —dijo con total convencimiento—. Todo es acostumbrarse en esta vida, ¿no cree? Yo aprendí a follar en la calle de las Tàpies, de pie, contra la pared... No es coña. Pero no es eso, claro. En la cabina se agradece la compañía, sobre todo en invierno. Eran mis amigas, yo vivía entonces en el barrio chino, en la calle Sant Ramon, y había dos putas que hacían la calle y vivían al lado de casa. Nos conocíamos desde niños, nos habíamos criado juntos. No sé si me explico. Algunos días escaseaba la faena y se aburrían, y yo las invitaba a merendar en el cine. El ruido del proyector era muy molesto, para ellas sobre todo, yo estaba acostumbrado. Y no crea usted que era solo por ganas de follar, no siempre nos juntábamos para eso... Aunque yo entonces estaba en plena forma, a los veinticinco años uno va por la vida a toda hostia, no sé si me explico...

—Ya. Me pregunto dónde se metía su compañero mientras usted y ella... —practicaban sexo, iba a decir, pero me tragué la estupidez a tiempo— se lo hacían. Porque usted no trabajaba solo.

—No, éramos dos. Pero no crea, entonces un buen operador se las apañaba solo, si se lo proponía. Y yo era de los buenos, no es por decirlo.

Me había corregido y no me pasó por alto: los del oficio no dicen proyeccionista, sino operador.

—Yo había sido el ayudante del señor Augé —añadió—. En el sindicato le decían Germán, pero se llamaba Liberto Augé. Él me enseñó el oficio, fue mi jefe de cabina durante años, pero cuando nos encargaron el cine Delicias ya estaba muy cascado, su vista era muy mala y cada dos por tres tenía que plegar antes de hora. Entonces yo me las apañaba solo.

—¿El señor Augé aprobaba que recibiera usted a prostitutas en la cabina?

—¡No, qué va! Me decía, nano, esas furcias te traerán problemas… —De pronto bajó la cabeza y retocó la posición de las gafas oscuras, como para asegurarse de que yo no viera sus ojos—. Era una buena persona. Estaba perdiendo la vista a causa de la diabetes, tenía problemas con el foco y se disgustaba mucho al oír las protestas del público. Normalmente, cuando le veía jodido, le dejaba cambiar las dos primeras bobinas y después lo mandaba abajo, a charlar con la taquillera, o a tomarse un carajillo en el bar de la esquina… Era todo lo que se podía hacer por él. —Permaneció un rato cabizbajo, ensimismado—. Tenía un perro que se llamaba Chispa, y lo quería mucho. Era un buen hombre.

—Parece que usted le apreciaba de verdad —dije—. ¿Me equivoco?

—Fue un gran operador jefe. El mejor. Él me enseñó todo lo que sé.

—¿Conoció Augé a Carolina Bruil? ¿La trató?

—Apenas la vio dos o tres veces.

—Bien. Hablaremos de Liberto Augé más adelante… ¿Le apetece una cerveza, o un refresco?

—¿Tiene vino?

Felisa trajo una botella de Rioja y dos copas en una bandeja. Sicart se había quitado las gafas de sol y limpiaba los cristales con un pañuelo, y mientras lo hacía pude fijarme en sus rugosos párpados de tortuga sobre unas pupilas grises, apagadas. No hubo por parte de Felisa ninguna injerencia inoportuna o mirada esquinada, pero se demoró en el servicio más de lo necesario. Se me había anticipado para descorchar la botella, y lo hizo tan cerca del rostro de Sicart y mediante un tirón tan violento que casi estrelló el codo en su nariz. Sicart esquivó el golpe con una finta y se quedó mirándola con una risueña curiosidad.

—¡Carajo, señora!

—Gracias, Felisa, yo serviré. —Y me apresuré a quitarle la botella de las manos, porque me estaba temiendo algo. Pero ya era demasiado tarde. Felisa miró a mi invitado, me miró a mí, y, con la bandeja ya bajo el brazo, carraspeó tres veces.

—¿Recuerda que ayer no me aclaraba con el escorpión? Pues acabo de acordarme. Es así: un escorpión quería atravesar un río y le pidió a una rana que lo llevara sobre su espalda...

—Luego, Felisa.

—Luego tengo cosas que hacer. —Me miró decepcionada y se encogió de hombros—. Pero bueno...

—Llamaré si necesitamos algo —le dije. Mientras Felisa se retiraba refunfuñando, llené las copas y dediqué una sonrisa ratonil a Sicart—. No tema, es inofensiva. Lleva tantos años en casa que es como de la familia.

Sicart levantó a copa y soltó un bufido.

—¡Hostia! ¡Hay que ver cómo descorcha las botellas!

—Debo insistir en que, si en algún momento, se siente a disgusto…

—No se preocupe por eso.

Era sin duda su frase favorita, que en esta ocasión soltó con un deje de impaciencia. De todos modos, aunque el relato del crimen era mi objetivo prioritario, yo no pensaba pedirle de buenas a primeras que me contara cómo lo hizo, cuándo lo decidió y en qué estado de ánimo; no antes de establecer una relación de confianza mutua. Prefería tantear el asunto manejando otras cuestiones, mostrando interés por personajes secundarios, propiciando el clímax. Por ejemplo: ¿al salir de la cárcel reemprendió el oficio de operador de cabina?

—No. Trabajé un par de años en una planta de eliminación de residuos, en Badalona. Después me asocié con un mallorquín del barrio de la Ribera que tenía un negocio de cabellos.

—¿Negocio de cabellos?

—Postizos. Pelucas y bisoñés, todo eso. Nos fue bastante bien. Se sorprendería usted de la cantidad de hombres y mujeres que lucen un pelo que no es suyo.

—Ya. —Intenté reconducir el asunto—. Dígame una cosa. ¿Por qué cree usted que intervino la Brigada Político-Social en un caso que competía más bien a la sección de homicidios?

—No lo sé. Hubo cosas muy raras. Se dijo que yo podía haber actuado por encargo de alguien interesado en hacer callar a Carol para siempre, porque era una puta que sabía demasiado... Cosas así se decían. Que ella había sido confidente de la bofia, y que acabó pagando... Mentiras.

—¿Qué puede contarme de su fulano, un tal Ramón Mir?

—Ya se lo he dicho. Era un falangista fardón. El tío iba siempre bien peinado y con mucho fijapelo. Decían que estaba majara.

—¿Lo trató mucho?

—Nos cruzamos alguna vez en el Panam's. Yo no quería tratos con él.

—A finales del cuarenta y siete, cuando usted conoce a Carolina, ella llevaba dos años liada con ese hombre. Y siguió con él. ¿A usted no le importaba? ¿No tuvo celos?

—Al principio no. A ver, Carol era una prostituta, para qué vamos a decir otra cosa. Y se sentía muy desgraciada, necesitaba protección. Que su chulo fuera un falangista, a mí me la traía floja, pero a ella le venía bien. Luego supe que además era un mala bestia, que la obligó a participar en parrandas que montaba para un jefazo de la Falange, o del Gobierno Civil, no me acuerdo, amigos suyos... Ella misma me lo contó.

Y así lo declaró cuando fue interrogado por la policía, añadió, en la requisitoria fiscal y también cuando fue sometido a examen psiquiátrico, pero me advirtió que no perdiera el tiempo buscándolo en su expediente porque no hallaría la menor referencia. La instrucción policial sobre la carrera de Carolina Bruil como prostituta no lo recogía, y tampoco en las actas del juicio encontraría ni rastro del asunto.

—Vaya. Sí que parece interesante.

También necesitaba toda la información posible sobre su trabajo en el cine Delicias, le dije: cómo se manejaba, treinta o cuarenta años atrás, el proyector en un cine de sesión continua, qué hacía el operador cuando se rompía la película, y también qué hacía en los ratos que la proyección marchaba por su cuenta, sin necesidad de mucha vigilancia, en qué se entretenía cuando estaba solo, etcétera.

—Quizá, si empezamos por ahí, a usted le será más fácil explicar...

—Pues verá, no estoy seguro de eso —me cortó—. Me temo que, en lo que más le interesa, no podré serle de mucha utilidad.

—No le comprendo.

Bebió otro trago de vino y se quedó pensando unos segundos.

—Quizá debería haberle aclarado antes una cosa. Vamos a ver.

Descruzó las piernas y volvió a cruzarlas con una parsimonia elegante, sacó una pitillera plateada del bolsillo interior de la americana y me la ofreció abierta. ¿Cuántos años hacía que no veía a alguien usar pitillera? La última vez debió de ser en alguna película. Cogí un cigarrillo rubio, él se hizo con otro, sacó un mechero y encendió mi cigarrillo y luego el suyo. No se guardó la pitillera, la sostuvo entre los dedos dándole vueltas. Después de soltar lentamente el humo por la nariz, con aire pensativo añadió:

—Usted ha leído todo lo referente al proceso, ¿cierto?

—Sí. Y varios expedientes policiales.

—Entonces sabrá que sufrí un serio trastorno mental a poco de ser detenido.

—Consta en el informe que sufrió usted alteraciones de lenguaje y trastornos de visión, con lo que su primera confesión quedaría un tanto en entredicho…

—Bueno, verá, no podía quitarme de la cabeza la bestialidad que había cometido… —Se quedó pensando, y, por un instante, me pareció totalmente ido—. Aquella película ensangrentada alrededor de su hermoso cuello… Disculpe el detalle… Ahora mismo no sé… Vaya. Disculpe.

—No se preocupe. Hablamos de otra cosa, si le parece.

—No. Ya sé. Es que después probé de matarme cinco veces, nada menos, cinco —repitió, y yo recordé que, en las actas del juicio, constaba que solo lo había intentado dos veces, pero no quise interrumpirle—. Así que los médicos me sometieron a una terapia intensiva tan agresiva que olvidé incluso mi nombre durante bastante tiempo. Pero usted ya sabe todo eso, ¿no?

—Más o menos. Sé que estuvo ingresado en el centro psiquiátrico de Ciempozuelos. Hábleme de esa terapia agresiva.

—Psicoterapia de choque, así llamaban a esa cabronada. Mucha conversación y mucha química. Me hicieron…, ¿cómo se dice?, un lavado de cerebro. Me pedían que contara lo sucedido, una y otra vez, durante tres meses, luego mutis y dosis diarias de olvido en pastillas de color rosa, un empacho de cojones, me salían las pastillas rosa hasta por la orejas…

—Ya. ¿Y quién decretó el olvido como terapia?

Sicart levantó nuevamente su copa y simuló un brindis al recuerdo.

—El doctor Tejero-Cámara, un médico militar con grado de coronel. Dirigía un equipo de investigación para no sé qué puñeta de estudios relacionados con eso, con la facultad de olvidar. El pájaro era toda una eminencia, oiga. Había en su despacho una pared llena de diplomas y fotos con el Caudillo y doña Carmen, tenía un gran prestigio, catedrático de psicología en una universidad…

—Sé quién era ese señor.

—Estudió mi caso y decidió que yo era un degenerado que mamó en el anarquismo, un débil mental con carnet de la FAI. Empleaba un método curativo de su invención, que decían que empezó a poner en práctica con prisioneros rojos durante la Guerra Civil. Al parecer les vaciaba la mollera, les extirpaba las ideas bolcheviques, aquello que les había llevado al marxismo o al anarquismo, el…, ¿cómo lo llamaba?, el gen rojo. —Cabeceó, pensativo—. ¡Yo un anarquista y con el gen rojo! ¡Joder, ni de coña! Lo que hacían era injertarme el mal de la demencia senil, el mal de los viejos.

Le miré a los ojos. La pitillera seguía dando vueltas en sus manos.

—No es broma —añadió—. ¡El gen rojo! ¡Lo jodido que debe de ser eso! A los anarcosindicalistas catalanes nos la tenía jurada, el muy cabrón...

—¿Usted se declaró anarcosindicalista?

—¡No, claro que no, pero el equipo médico dictaminó que lo era! Y fui sometido a un proceso de despersonalización, así lo llamaban, algo que venía a ser lo mismo que estar demenciado... Bueno, me libraron de la terrible carga del pasado, eso sí. Si uno lo piensa bien, es una gran cosa, ¿no cree?, por lo menos para lo que yo me sé...

Yo había leído cosas tremendas sobre las prácticas de ese médico, terapias abusivas que sufrieron no pocos cautivos republicanos de la Guerra Civil, incluso había leído algo acerca del famoso gen rojo, pero suponía que en el año cuarenta y nueve, cuando Sicart ingresó en el centro de Ciempozuelos, ya habían dejado de aplicarse. Sin descartar una amnesia inducida, justificada o no por el estado mental de un paciente al borde del suicidio, consideré la posibilidad de una dolencia mental congénita, un deterioro por razón de la edad —lo que poco después se conocería con el nombre de alzhéimer—, lo cual complicaba el asunto.

—Su informe psiquiátrico lo firmó un tal doctor Suárez y

Gil, que murió hace tres años —le dije—. Y el doctor Tejero-Cámara murió hace más de veinte. Me habría gustado hablar con ellos. Porque, verá usted, si quiere que le diga la verdad... —Hice una pausa mirándole apurar la copa de vino—, su dictamen presenta algunos puntos muy dudosos.

—¿Le parece?

—Bueno, esa amnesia que finalmente le fue diagnosticada cuesta de creer. No soy ningún experto, pero como solución al problema, pues no sé, parece más bien una excusa. —Esperé que dijera algo, no lo hizo y aventuré—: ¿Algún neurocirujano le hizo algo...?

—¿Cómo algo?

—Si le tocaron la cabeza. Alguna operación.

—¿Se refiere a...?

—Sí. Una lobotomía.

—¡Ah, eso! No, señor. Verá, mucho cerebro no tengo, pero está entero. —Sonrió abiertamente y su frente despejada se llenó de arrugas—. No, tranquilo. He estudiado el jodido asunto, sé que las personas que sufren una lobotomía son incapaces de aprender nada nuevo, en cambio recuerdan muy bien lo que vivieron antes de la operación... No, el doctor Tejero-Cámara tenía otros métodos. Me decía: «Sicart, no cultive usted la memoria, esa flor venenosa, a todos nos han pasado cosas que es mejor olvidar». Y es cierto, hay cosas que es mejor no guardar en la memoria, ¿no cree?

Seguía con la pitillera en las manos, dándole vueltas.

—Sí, tal vez. Bien, hablemos del famoso impulso irreflexivo. En su historial clínico consta que ese impulso fue el responsable de lo que hizo, la causa que explicaría lo ocurrido… Resulta un tanto extraño, ¿no le parece?

—Pues no sabría decirle.

Le observé en silencio durante unos segundos.

—¿Sabe?, hoy en día, mucha gente sostiene que el pasado debería ser intocado e inviolable. ¿Usted qué opina?

Sin dejar de darle vueltas a la pitillera, se encogió de hombros.

—A mí me da igual. Pero pienso que todos tenemos derecho a olvidar según qué cosas, ¿no le parece?

—Por supuesto. La cuestión es si lo que uno quiere olvidar es de su exclusiva pertenencia, o lo comparte con otras personas. Y no me refiero tanto al olvido como a la desmemoria…

—¿Qué quiere decir? ¿Acaso no se trata de lo mismo?

—No. El olvido puede ser involuntario. La desmemoria, sobre todo en este país, suele ser una falacia perfectamente planeada… Pero dejémoslo. No crea que no me interesa. Volveremos a ello más adelante.

—Usted manda.

—Hábleme un poco de Carolina Bruil. ¿Cómo la recuerda?

—Huy… ¿Ahora?

—Veamos qué puede contarme. Le cedo la iniciativa.

—No sabría por dónde empezar. —De pronto parecía muy confuso—. Prefiero que usted me pregunte.

Permaneció un rato con la cabeza gacha, como esperando un golpe de lo alto.

—Me pregunto por qué ella le dijo: «Date prisa», justo poco antes de...

—Yo también. Y si quiere que le diga la verdad, prefiero no saber por qué lo dijo.

—Bueno, no importa. Tenemos tiempo. —Cogí la botella de vino—. ¿Le apetece otra copa? —Asintió, pensativo, y le serví—. Hay muchas otras cosas que necesito saber. Por ejemplo, ¿cómo era el escenario donde ocurrió todo...? Me refiero a la cabina de proyección del cine Delicias. ¿Cómo la describiría?

—Ah, una ratonera. —Alzó la cabeza, ajustó las gafas sobre la nariz con un golpe del dedo índice, bebió un sorbo de vino lentamente, sin soltar la pitillera, y añadió con un amago de sonrisa—: Déjeme recordar... Había una mesa, dos sillas, el armario para los rollos, el reloj, el botijo, el perchero, el botiquín... ¿Ve?, teníamos de todo. Y en la mesa siempre había un frasco de acetona, un pincel, tijeras, cuchillas de afeitar, la empalmadora y unos guantes blancos... y, bueno, lo necesario para el trabajo. El señor Augé tenía un hornillo eléctrico para calentar la cena y una jaula con un periquito, que todavía me pregunto cómo resistía el ruido del proyector. A Carol no le gustaba ver al pobre pájaro allí encerrado, más de una vez lo quiso soltar. Siempre que venía, yo tapaba la jaula con un trapo... ¿Pero sabe qué es lo que Fermín tiene más presente, lo que el pobre Fermín recuerda con más detalle, y a veces, si me permite usted la sinceridad, incluso con lágrimas en los ojos...?

No sabía qué responder.

—Los dos sifones —dije.

—Los muslos de Carol, y perdone la expresión. Sus muslos calientes alrededor de mi cuello. Sí, señor; nadie puede imaginarse lo cariñosa que puede llegar a ser una puta. ¡Ah, mi querida y desdichada Carol! —La pitillera no estaba quieta en sus manos—. Aunque le gustaba hacer de las suyas, no crea... ¿Sabe qué hacía? Me cogía los fotogramas que yo tenía colgados con pinzas y algunos que había tirado en el suelo y los miraba a contraluz detenidamente, y si veía en ellos a una artista que le parecía guapa, se subía a una silla y los tiraba por la claraboya que daba a la calle. Para mis chicos, decía. Y abajo, en la acera, los chavales se peleaban por cogerlos...

Se levantó meneando tristemente la cabeza. Decidí observarle sin decir nada. Se quedó mirando la pitillera en sus manos con repentina extrañeza, como si la viera por vez primera, como si fuera un objeto que no le pertenecía, que incluso le producía estupor. De pronto, con un gesto casi violento, alargó el brazo y me la ofreció, excusándose:

—Perdone. Vaya, no creería usted que se la iba a mangar...

Reaccioné tarde y mal. Inconscientemente, en un acto reflejo, tendí la mano abierta y acepté la pitillera.

—No, claro, ¿por qué iba yo a creer tal cosa, si la pitillera es suya? —Sonriendo, añadí—: ¿O debo considerarlo un regalo de su parte?

Su rostro acusó un sobresalto, miró la pitillera en mi mano, me miró a mí, volvió a mirar la pitillera y seguidamente la recuperó con rapidez, devolviéndome la sonrisa.

—¡Nooooo! —La guardó en el bolsillo y añadió, ahora con un simulacro de carcajada—: Pensará usted, ¡hostias!, qué bromitas más raras gasta el Fermín. En fin, me voy. Entonces..., ¿cuándo empezamos?

—¿Qué le parece el martes de la semana próxima? Antes debo hacer algunas gestiones y disponer de más información... Le espero a partir de las cinco de la tarde.

—Muy bien. Lo que usted diga.

6

7. CABINA CINE DELICIAS. INTERIOR. DÍA. El zumbido del proyector ahoga los diálogos de la película. En la penumbra, detrás de la maquinaria, Sicart se prepara un bocadillo sentado a la mesa de la empalmadora. Sobre una hoja de periódico parte una barra de pan, abre una lata de anchoas y se sirve vino de una botella en un vaso.

SICART: ¿Un vinito, señor Augé?

Junto al proyector, revisando una bobina, Augé se limpia las manos con un trapo y mira a Sicart achicando los ojos, esforzándose por verle.

AUGÉ: Ahora no. Tengo…

Como si le aturdiera el ruido del proyector, Augé menea la cabeza y busca un asidero con mano temblorosa. Llega desde la platea el pataleo y los silbidos del público, y una voz gritando: «¡Foco!». Con evidente torpeza y mostrando gran dificultad para fijar la vista y controlar el temblor de las manos, Augé se rehace y se dispone a corregir el foco, sin conseguirlo.

Sicart se da cuenta y acude rápidamente en su ayuda. Lo aparta con gesto suave y se hace cargo del problema.

SICART: Tranquilo. Déjeme a mí.

Ajusta el foco y se acallan el pataleo y las protestas en la sala. Sicart mira por la ventanilla, comprueba que en la platea todo sigue en orden y luego atiende a su operador jefe, que se muestra desorientado y abatido.

AUGÉ: ¡Joder! Tengo telarañas en los ojos…

SICART: ¿No se encuentra bien? Venga aquí, siéntese.

Le coge del brazo y le ayuda a sentarse a la mesa. Augé se frota los ojos.

AUGÉ: Tú no te distraigas. Todavía nos quedan dos rollos… Estoy bien, no te preocupes, se me pasará enseguida…

SICART: No, no está bien. Será mejor que salga un rato y que le dé el aire. Váyase al bar de la esquina y tómese un carajillo.

AUGÉ (*se levanta con esfuerzo*): Estás esperando compañía, pillastre, por eso quieres que me vaya. No creas que me chupo el dedo… Cuidado, que esas putas te van a pegar una mierda.

Tentando discretamente a su alrededor, se deja llevar por Sicart hacia la puerta.

SICART: Quédese un rato abajo con Matilde, en la taquilla. O váyase a casa, y mañana será otro día. Aquí queda poco que hacer y puedo arreglármelas solo…

Augé, abatido, cabizbajo, se para en la puerta antes de

salir, y mira a su joven ayudante con afecto. Le da un cariño-so cachete.

AUGÉ: No olvides ponerte los guantes para los empalmes. Y ten mucho cuidado... No lo digo solo por el trabajo, sé que te apañas bastante bien. Lo digo por esas furcias que te sacan los cuartos...

SICART: No diga eso, porque no es verdad. Ya se lo expliqué, son buenas chicas... Ande, váyase a casa. Y a cuidarse, señor Augé, que ya van siendo muchos años.

8. CLUB PANAM'S. PENUMBRA. INTERIOR. DÍA. El cabaret Panam's, finales de septiembre de 1947, según indica el calendario colgado detrás de la barra que veremos en su momento. Rumor de dados agitados en un cubilete y suave música bailable acompañan el *travelling* por los escalones mal iluminados del local, al final de los cuales, a la derecha según se baja, una vieja de rostro agitanado que vende tabaco y cerillas dormita sentada en una sillita plegable. Sigue el *travelling* a lo largo de la barra, atendida por un barman bajito de cara de palo, que tira los dados frente a un cliente gordo de risa fácil encaramado a un taburete, con el puro en la boca y empuñando una panzuda copa de coñac. Sentadas a una mesa al borde de la pista de baile, Carol (la llamaremos por su nombre, aún no hemos decidido el falso) y su amiga Encarnita conversan con aire aburrido a la espera de clientes. Las demás mesas están vacías y la pista también. Es a primera hora

de la tarde. Carol se pinta los labios con una barra de carmín. Encarnita bebe grosella en vaso alto, luego tienta el encendedor sobre la mesa con gesto de cegata y enciende un cigarrillo mentolado.

ENCARNITA: Dime una cosa, Carol. ¿Por qué te llaman la Gata? ¿Quién te puso este apodo?

CAROL (*sonríe con tristeza*): Era mi nombre artístico, cuando trabajaba en el teatro. Yo era Chen-Li, la Gata con Botas.

ENCARNITA: Mi madre me dijo que te vio una vez en las varietés del cine Selecto. Actuabas con tu marido, ¿verdad?

CAROL: No era mi marido. Tampoco era el padre de mi hijo, como creían algunos. Y no actuaba conmigo. Yo bailaba sola, con mis piernas pintadas de purpurina, mi antifaz y mis botas rojas... Estaba monísima. Él hacía teatro del serio, bueno, de aficionados. Pudo haber sido un buen actor de carácter, apuntaba maneras y tenía pinta de galán... Pero era un hombre sin suerte.

Su voz se ha ido debilitando y calla de pronto, como si le doliera recordar. Con mirada cariñosa, Encarnita busca sobre la mesa la mano de su amiga hasta dar con ella y se la aprieta. Carol acerca el cenicero a la cegata, que no acierta a echar dentro la ceniza del cigarrillo.

CAROL: ¿Qué esperas para ponerte gafas, cariño? ¿O todavía suspiras por un perro guía?

ENCARNITA: ¡Sí, bonita! ¡Un perrito guía cariñoso, un labrador!

En este momento entra en el Panam's el falangista Ramón Mir Altamirano con paso resuelto pero inestable. Chaquetón de cuero negro, camisa azul, tez pálida, el mentón cuadrado y enhiesto, pelo negro repeinado hacia atrás, fino bigote sobre una mueca hostil. Lleva varias copas de más y tiene un aspecto enfermizo, aunque mantiene su conocido aire bravucón. Se sacude la ropa mojada y masculla algo así como: «¡Llueve la hostia y hace un frío de tres pares!». Al pasar junto a Carol se detiene un instante para acariciar su nuca, o más bien atenazarla con un gesto burdamente posesivo. Ella musita un saludo desdeñoso y hace por levantarse, pero el hombre la mantiene sentada presionando su nuca con la mano y luego sigue andando hasta la barra, donde se enfrenta al barman, que agita el cubilete de dados.

MIR: Quiero la puta más fea que tengas, Paco.

BARMAN (*inmutable cara de palo*): La más fea no la busque aquí, camarada.

MIR (*sonríe mirando a Carol*): Bueno, pues una con las tetas pequeñas.

BARMAN (*al cliente gordo*): ¡Un cliente rarito, ¿verdad?! (*A Mir.*) Oiga, aquí solo viene gente guapa y educada, entérese...

MIR: ¡Pues oye, una que sea bizca, o tenga dentadura postiza, o granos en la cara! Venga, me conformo con eso. (*Se carcajea y palmea la espalda del cliente gordo.*) ¡Y que se vista de lagarterana, ja, ja, ja!

CLIENTE GORDO: Oiga, amigo, vaya a dormirla a otra parte...

MIR (*se encara con él, brazos en jarras*): ¡Me cago en la puta de oros! ¡A ver, usted! ¡Sí, usted! ¡Documentación!

CLIENTE GORDO: ¡Venga ya, camarada, no fastidie!

MIR: ¡Nombre y apellidos! ¡Rápido!

CLIENTE GORDO: ¡Pero bueno, joder, ¿qué mosca le ha picado?!

MIR: ¡Cállese y conteste! ¿Es usted español?

CLIENTE GORDO: ¿Yo...? Al contrario.

MIR (*sorprendido*): ¿Qué quiere decir con eso? ¿Que es catalán?

CLIENTE GORDO: No, señor. Soy estéril de nacimiento.

MIR (*enérgico*): ¡Y encima pitorreo, ¿no?! ¡¿Sabe lo que es usted?! Se lo diré escuetamente, como corresponde al laconismo militar de nuestro estilo: ¡Un majadero! ¡Un mentecato! ¡Documentación, venga!

A CONSIDERAR: Tenemos aquí a Ramón Mir Altamirano —personaje real al que en su momento se le otorgará nombre y apellidos falsos, lo mismo que a Fermín Sicart y a Carolina Bruil Latorre—, un secundario que presiento podría acabar asumiendo un rol importante en la trama, o lo que fuere que sustituya a la trama. Falangista pirado, lejana ya su heroica campaña en la estepa rusa liquidando bolcheviques codo con codo con los nazis, agotada la munición y apagados los gritos de rigor, cumplidas sus juveniles guardias e imaginarias allá arriba con los luceros, ha iniciado su periplo etílico hacia un desdichado final; ya presumió mucho de uniforme y camisa azul, ya desfiló y cantó y pendoneó lo suyo, apuntándose a los fastos patriótico-comulgantes cuantas veces fue requerido, ya denunció a cuantos rojillos y desafectos había en el barrio, ya mangoneó y calumnió y requisó todo lo que pudo, ya convirtió a su amante en puta y confidente de la policía y también trasnochó y mamó todo lo que pudo del compadreo y las prebendas de los vencedores, y ahora empieza a dar señales de una chaladura y un desmadre que acabará por arrebatarle la alcaldía de barrio y la autoridad que todavía le otorgan el correaje y el pistolón, el yugo y las flechas y el escudo bordado en rojo que exhibe sobre el corazón, que a su vez no tardará también en decir basta. En este tramo de la historia no sabemos todavía gran cosa del fachendoso personaje, pero considero que no importa.

Además, de repente suena el teléfono en el Panam's. La llamada es de Fermín Sicart desde el cine Delicias. Cuando se oye el timbre en un extremo de la barra, Encarnita está alternando con un cliente en el otro extremo. El hombre tiene una mano activa en su trasero. Se ríen. El barman atiende la llamada y le hace una seña a Encarnita. La chica acude al teléfono tanteando el aire y recibe el mensaje de Fermín: que la está esperando, como habían quedado, le dice, y que se dé prisa porque se están enfriando los churros y el café con leche. «Hoy no me esperes, rey mío —responde Encarnita—, esta tarde no puedo.» Mientras se disculpa mira a Carol, que permanece sentada a la mesa, sola, ahora bebiendo una copa de coñac, y añade: «Si quieres te envío a mi amiga Carol, ya te hablé de ella, está más buena que yo y es una chica estupenda, te va a gustar, pero tendrás que ofrecerle algo más que un café con leche y churros calientes, está pasando una mala racha, con mogollón de problemas».

El cliente la reclama y Encarnita cuelga y corre a su lado, choca con él riéndose, medio cegata le prodiga mimos y lo soba y le pide que espere un minuto, seguidamente se orienta hacia Carol y le propone que vaya en su lugar, se lo pasará fetén, le dice: «Fermín es un chico divertido y cariñoso, siempre paga bien y además el servicio incluye merienda y a veces cena, y si quieres puedes ver la peli». Carol le responde que hoy tiene pocas ganas de compañía, está cansada y triste. Pero Mir, que ha estado al tanto de la conversación, le sugiere que vaya, puesto que no tiene nada mejor que hacer, revelando una recelosa curiosidad por ese cliente que ofrece merienda: «¿El proyeccionista del Delicias, el cine donde también trabaja un tal Augé?». Encarnita dice que sí, y temiéndose algo del belicoso falangista añade, por si acaso, que Fermín es un buen chico, de toda confianza. Mir exhibe su condición de chulo y obliga a Carol a acudir a la cita. «Te conviene, le dice, allí no te mamarás, mira cómo te estás poniendo, así que andando, si le haces lo que tú sabes ganarás un nuevo cliente y de paso meriendas con churros y te distraes un rato, ya que todo parece indicar que esta lluviosa tarde no va a propiciar trabajo.»

La secuencia del Panam's podría terminar así:

MIR (*a Carol*): Vamos, nena, tienes trabajo. ¿No has oído? Te esperan en el cine Delicias.

CAROL: No puedo, no me da tiempo…

MIR: Debes ir, es importante. Luego te diré por qué.

CAROL: Es que tengo que recoger a mi niño…

MIR (*le mueve la silla*): ¡Pero qué niño ni qué leches! ¡Te llevo, venga!

CAROL: No hace falta. Puedo ir sola.

MIR: ¡¿Es que hablo en chino?! He dicho que te llevo.

CAROL: Vete con tus luceros, Ramón, y déjame tranquila.

MIR (*furioso, le suelta una colleja*): ¡No bromees con eso, o te rompo los morros! Estoy de los putos luceros y las montañas nevadas hasta los cojones, ¡pero, joder, no consiento que nadie me lo recuerde! (*Se calma.*) El cine está cerca de casa, me coge de paso. Y alegra esa cara, coño. Vas a comerte unos buenos churros, qué más quieres.

Carol se levanta con gesto abatido. Encarnita la mira con pena.

9. CINE DELICIAS, 1947. EXTERIOR DÍA. Bajo una llovizna luminosa, Carol abre su paraguas verde delante del cine y contempla el panel con los fotogramas en blanco y negro de una de las dos películas programadas. Viste abrigo negro

de astracán, falda blanca muy ceñida, jersey rosa de angorina, zapatos de tacón alto y medias negras.

Tras la ventanilla de un taxi parado cerca del cine, Ramón Mir la observa y reflexiona mientras se hurga los dientes con un palillo. Hace una seña al conductor y el taxi arranca.

Nos quedamos con Carol, que parece dudar antes de entrar en el cine. Da media vuelta y se encamina al bar de la esquina. A través de los cristales salpicados de gotas de lluvia la vemos pedir una copa de coñac en la barra, bebérsela de un trago, pintarse los labios bajo las miradas de los parroquianos, apurar la segunda copa, pagar y salir de nuevo a la calle.

Desanda la acera despacio y nuevamente se para delante del cine a contemplar en la fachada el cartel de la película programada, donde la silueta de *Gilda* se yergue en medio de la noche, sonriendo bajo un foco de luz con su ceñido vestido de satén y el humeante cigarrillo en la mano. Haciendo rodar el paraguas verde sobre su cabeza, Carol contempla las espirales de humo que, ensortijándose en medio de la luz del foco, rondan la hermosa cabellera dorada. Saca del bolso un espejito y una barra de carmín y se repasa los labios. Se abre el abrigo, se estira los bordes del jersey. Pasa un tipo de cara risueña y mofletuda y, sin pararse, se le arrima y le susurra algo que no oímos. Ella ni le mira. Acto seguido entra en el vestíbulo del cine cerrando el paraguas, pregunta algo a la taquillera, sube por una oscura y angosta escalera lateral (inicia ruido del proyector y banda sonora de la película: *Put the Blame on Mame*). Se para delante de la puerta de la cabina de proyección. Antes de llamar con los nudillos, levanta el borde de la falda, se estira la media negra y ajusta la liga sobre el muslo.

PREGUNTA para ganarle un duro a Felisa: ¿cómo se llama la actriz francesa que convirtió en gran arte la operación de quitarse las medias y el liguero sentada al borde de una cama? Seguro que no lo sabe.

A CONSIDERAR: añadir las referencias a Liberto Augé en la segunda versión de esta secuencia, que más adelante habrá que revisar a criterio del director. Por ejemplo, ¿sabe Carolina Bruil que su marido y Liberto Augé compartían tareas subversivas en el Comité de la CNT clandestina?

7

El primer tratamiento del guión empezaba a vertebrarse mediante breves secuencias encadenadas que me parecían todas ellas de una clamorosa insolvencia narrativa, pero yo estaba decidido a mantener el ánimo. Siempre he creído que la verdad, en la ficción como en la vida, brota a veces del sinsentido y se nos ofrece como un regalo. No me movía ninguna pretensión con respecto a la escritura, y ciertamente el resultado estaba lejos de complacerme —sobre todo como texto literario, pero a quién le iba importar lo literario—, y solo diré en mi descargo que respetaba escrupulosamente lo acordado con Héctor Roldán: no había rastro de argumento y ningún lance o personaje hacía avanzar la trama hacia un desenlace, porque no había ninguna trama que mover y ningún desenlace que resolver. Además, las partes que componían el artefacto encajaban mal y el relato encadenaba situaciones inconexas sometidas al dictado de lo que, al cabo, no pretendía ser otra cosa que una ficción camuflada de documental (con un par de concesiones al realismo lírico más pedestre: los adoradores infantiles de *Gilda* y la prostituta ciega, la amiga de Carol), de modo que la pretendida crónica avanzaba sin las servidumbres del suspense y sin la menor tensión narrativa. Ninguna intriga, ninguna veleidad argumental propiciando azarosas hipótesis sobre el móvil del crimen alteraba la desconexión de unos hechos y unos personajes que, como he dicho, tiraban irremediablemente cada uno por su lado. Se cumplía así uno de mis axiomas predilectos: escribir por encargo para el cine es trepar por una escalera que en cualquier momento puede dejarte con el culo al aire, porque otros decidirán si esa escalera lleva o no a alguna parte.

Persistí en mi estrategia de entrar de puntillas en el núcleo duro de la historia, en la comisión del crimen, permitiendo a Sicart entretenerse en los meandros sentimentales escasamente veraces de su relación con la prostituta, hasta que empecé a preguntarme cuánto habría de fantasioso en su melancólica y dolorida evocación. Oyéndole rememorar aquellos días desventurados descubrí que, en una memoria sonámbula como la suya, reelaborada por instancias ajenas tan sospechosas y funestas, las incongruencias, los lapsus y las añagazas podían tener tanto o más interés que las verdades, tal vez porque el testimonio de la tragedia se me ofrecía precisamente cuando el país entero, por aquellas fechas, verano de 1982, parecía empeñado en convertir la agraviada memoria colectiva en un peligroso campo minado. En ocasiones, al trabársele la lengua, o al quedarse repentinamente en blanco, Sicart me recordaba que persistía la amnesia y me pedía paciencia. Ahora, mientras le escuchaba, pensé que su azaroso historial clínico desmentía aquella célebre sentencia de Friedrich Richter, según la cual la memoria es el único paraíso del cual no podemos ser expulsados. Porque él había sido irremediablemente expulsado.

—… así que el asunto se las trae —prosiguió, y se quedó de un aire durante unos segundos—. Bueno, le supongo enterado de que yo… Yo sé cómo lo hice, pero no me pregunte por qué lo hice. Un caso raro, ¿verdad?

—Estoy al corriente. ¿Y sabe una cosa? —dije para tranquilizarle—, es raro, porque abundan más los casos en que ocurre al revés. Muchos hombres saben por qué matan, pero no sabrían explicar cómo lo han hecho. Beneméritos hombres de Estado, por ejemplo, que creen tener sobradas razones para matar, pero alegan que el método no es cosa suya.

—Ya. ¿Y usted cree que lo piensan de verdad?

—Estoy convencido.

—Vaya, nunca se me habría ocurrido.

Una mañana me estaba sirviendo una taza de café en la cocina y entró Felisa anunciando que habían llamado de Madrid mientras me duchaba. La Productora Vilma Films, S.A. Que volverían a llamar. Poco después estaba trabajando en mi estudio y sonó otra vez el teléfono. Descolgué y propuse con brío marxista:

—¡Y dos huevos duros!

Un silencio al otro lado de la línea, y enseguida:

—¿Cómo dice…? ¿Con quién hablo?

—¡Aquí Rufus T. Firefly, el guionista mejor pagado de Freedonia!

—Vaya, hombre, qué gracioso —repuso M. V. Vilches, productor ejecutivo de Vilma Films, S. A. Era su cuarta llamada en dos días—. Debería controlar esos excesos marxistas, ¿no cree, galardonado escritor?

—Es broma. Qué tal, Vilches. ¿Llama usted desde la capital del reino o desde Cinecittà?

Un bufido.

—No se me ha perdido nada en Roma.

—¿No me dijo que estaba tanteando una coproducción con Italia?

—Ah, si supiera usted la cantidad de asuntos que estoy tanteando… —Lanzó otro bufido, y enseguida su voz nasal adquirió el tonillo displicente, aplicadamente afable, cultivado en tantos despachos financieros—. A ver, que no cunda el desánimo. Ante todo, ¿cómo va el trabajo?

—Oh, muy bien. Ya tengo título: *Trenes de la posguerra en vías muertas*. ¡A que es bueno! Es un título que siempre me gustó. El problema es que no tenemos trenes en esta peli.

—Está usted de coña.

—De todos modos —me apresuré a añadir—, se llame como se llame, será una película memorable, no hay la menor duda.

—¿Sí? Pues acabo de hablar con Héctor y él no lo ve claro. Dice que esos treinta folios que le envió usted no son precisamente para lanzar cohetes.

—¿Eso dice el director? Bueno, solo son tanteos.

—Pues parece que no hay por dónde agarrarlos —insistió M. V. Vilches—. Aténgase a los hechos, es lo que él le aconsejó, ¿lo recuerda?

—Sí, pero los hechos no me bastan. Además, le estoy encontrando gusto a la técnica del guion, a los fundidos y encadenados, a los exteriores de día o de noche, a los diálogos en off, al *flashback*... Son formas narrativas novedosas e interesantes.

—Me parece que usted no ha entendido bien el encargo. Le aconsejo que hable con Roldán.

—Claro, cuando él quiera.

—¿No le advirtió que no hace falta que planifique? Mire, llevo muchos años en este oficio, y sé lo que digo. Deje de mirar por el visor de la cámara, señor Griffith —entonó con sorna.

—Mi ojo no pretende ser una cámara, de ningún modo. Lo que pasa es que un servidor, lo mismo que Aristóteles, no sabe pensar sin imágenes. Pero sé muy bien lo que es un..., ¿cómo lo llaman?, un primer tratamiento de guion. Es un borrador, una especie de sinopsis.

—Un primer tratamiento puede contener diálogos y detalles, claro está, pero no creo que le hayan pedido desarrollar escenas que no están decididas… En fin, no es asunto mío.

—M. V. Vilches carraspeó de un modo que pareció que se reía—. Pero dígame, ¿qué se propone con esos niños que están viendo *Gilda* en el cine? ¿Cuál es la idea?

—Aún no lo sé. Pero existieron; es un hecho real. Roldán quiere realismo, y estos chavales, en la primera fila del cine Delicias, con la luz plateada del proyector en sus cabezas rapadas, infectadas de sueños…

—Ya —me cortó—. ¿Y esa prostituta ciega, amiga de la protagonista?

—Ah, la Encarnita. Sicart dice que no era ciega del todo. Veía muy mal, tenía no sé qué en el nervio óptico… Espero que el director me la acepte, es otro personaje real, servirá para dar testimonio de su amiga Carolina y contarnos todo aquello que nosotros no podremos ver, cosas importantes que ella recuerda…

—¿Pero no dice que está ciega? ¿Cómo vamos a dar crédito a alguien que carece de memoria visual? ¿Qué nos va a contar, si no lo ha visto…?

—Sí que lo ha visto. Ella fabrica sus propias imágenes. Como el cine.

—No sé, resulta poco verosímil. Y esos diálogos surrealistas en un bar de fulanas, con un falangista borracho, impresentable…

—Son tanteos. Hice algunas averiguaciones, me informé. Al parecer todo empezó en ese local de la Rambla, que todavía existe. Y el fanfarrón de Mir también es real, lo mismo que los chavales que ven la película. La escenita en el cine podría valer, o no, ya veremos… En cualquier caso tiene lugar la misma tarde del crimen, en el cine Delicias y a la misma hora.

—Y qué.

—Se trata de un implante realista. ¡Estos chicos están viendo la película en el mismo cine y el mismo día que se produce el crimen! ¡Y esa película era *Gilda*! ¡Es un hecho real, consta en las actas del juicio y se puede consultar en las hemerotecas! —exclamé con la más entusiasta y falsa convicción—. ¿Me explico? ¡Estamos pisando realidad de la buena! ¿No es eso lo que quiere el director?

El productor no compartía el entusiasmo ni la coña:

—Está bien, dejémoslo…

—Yo no soy un entusiasta de la realidad, no crea. No entiendo por qué esta señora tiene tanto prestigio. El hundimiento del *Titanic* no es más memorable que el del *Pequod*, ¿no le parece? La realidad solo existe si somos capaces de soñarla, ese es mi lema…

—Oiga, todo eso —cortó Vilches impaciente— lo discutirá con Héctor. Le he llamado por otro motivo. Acabo de leer su entrevista en el suplemento cultural de *La Vanguardia*. Original, sí, señor. Oh, sí, muy original.

—Oh, gracias. Pensé que le gustaría. Es muy cinemato-gráfica.

—¿De veras? ¿Y por qué?

—Porque las preguntas no se ven, están fuera de campo. Ya sabe, ese truco de los buenos directores. Sugerir más que mostrar. Y se agradece…

—Vaya, parece que el trabajo le divierte —dijo en un tono zumbón, sin acritud—. Qué bien lo pasamos, ¿verdad?

—Sí. Un pequeño desahogo.

—Por cierto. No sabía que fuera usted un acreditado comecuras.

—Un simple aficionado, no paso de ahí.

—Ya. Esperemos que no vaya a más.

—¿Acaso teme que mi sana antropofagia perjudique el guión?

—No, hombre. A ver, su pitorreo me tiene sin cuidado, puede usted burlarse del clero o del cine español cuanto quiera y como quiera, a mí me da igual. Es más, con respecto a algunos figurones que conozco podría compartir sus sarcasmos más de lo que usted se imagina… Lo fastidioso del asunto es que esas chistosas declaraciones podrían resultar de lo más inoportuno.

—¿En serio?

—Usted no conoce este negocio. La financiación de la película no se acaba de resolver, tenemos la subvención del ministerio todavía en el aire, por no hablar de mis rifirrafes con la junta de accionistas de Vilma Films… Usted no tiene por qué vivir esos problemas, por supuesto, pero yo tengo perfecto derecho a pedirle que al hablar de nuestro proyecto sea más discreto.

—Oh, sí, claro. —Me cuadré—. Bromeaba. Pero no entiendo…

—Sí, hombre, claro que entiende —entonó Vilches, ahora con la voz melosa, envolvente, como si tuviera un caramelo en la boca—. Es muy sencillo. En los estamentos oficiales donde se tramitan acuerdos y permisos, sin los cuales no habría película, y en tal caso, por cierto, usted no cobraría ni una peseta más, se lo digo por si no había reparado en ello, en estos despachos hay personas a las que sus sarcasmos y rechiflas no les hacen maldita la gracia…

—Eso lo comprendo.

—Vaya, algo es algo. Y dígame una cosa. Siento curiosidad. ¿A qué se debe su actitud? ¿Tanto pitorreo y tanto escarnio le merece nuestro cine?

La regañina empezaba a adquirir el tono de una bronca patronal, y eso ya me estaba tocando las narices. Por supuesto no iba a perder ni un minuto explicándole los males que arrastraba el cine español desde hacía más de cuarenta años, eso era algo que si M. V. Vilches, el más avispado e internacional de nuestros productores, aún no tenía claro, allá él y sus películas. Así que opté por chincharle un poco más.

—Mire, no puedo evitarlo —dije en tono lastimero—. No

puedo, es más fuerte que yo. Y no es cosa de ahora; no, señor. A los diez años, cuando iba al cine de mi barrio con la pandilla, ya me tronchaba de risa con las españoladas, y no crea que se debía a mi precoz clarividencia crítica; no, señor. Es que nuestras películas eran de una gran eficacia cómica, aunque involuntaria. Las pelis históricas de Juan de Orduña, por ejemplo, con tanta peluca y tanto patriotismo tronado, me daban más risa que las de Charlot o las de los hermanos Marx...

Silencio al otro lado de la línea.

—No me parece razón suficiente —dijo por fin—. Esas vergüenzas del pasado que usted cita no tienen absolutamente nada que ver con el cine que hoy intentamos hacer... La verdad, no se entiende su empeño denigratorio.

—Está bien, se lo diré. Pero no se lo va a creer.

—Adelante. Pruebe.

Un resto de piedad y mucha pereza verbal me impidió ir más allá y soltar al oído del exitoso productor la larga lista de las «españoladas» que me habían torturado en la infancia, aquel purulento cine nacionalcatólico y beatorro de los años cuarenta y cincuenta. Así que dije:

—Es el sonido.

—¿El sonido?

—Como lo oye. El sonido de nuestras películas es de una insolvencia técnica clamorosa. Y la dicción de los actores no ayuda. No vocalizan, y los diálogos no se entienden. ¿O es que los técnicos de sonido son muy malos? Entre unos y otros me ponen enfermo. ¿A usted no? —Prolongado silencio en la línea telefónica—. ¿Sigue usted ahí, señor productor?

También pregunté, pero esta vez a mí mismo: ¿qué te propones, borrico, tirar a la basura una paga más que generosa por escribir cuatro pendejadas?, cuando llegó de nuevo a mis oídos, sigilosamente, como si entrara una viscosa oruga, la voz lejana del consejero delegado de Vilma Films, S. A. regañando suavemente a alguien de su entorno laboral, allá en su oficina de Madrid, a causa de una orden al parecer desatendida, para seguidamente disculparse conmigo por la interrupción, y, en el mismo tono condescendiente que había usado con su empleado o empleada, recordarme que yo formaba parte del proyecto por expreso deseo de Héctor Roldán, cuya benevolente opinión sobre mi talento él compartía solo hasta cierto punto. Añadió que, de todos modos, defendía este proyecto con la mejor voluntad y enfrentándose a unos consejeros que no tenían el menor deseo de reírme las gracias, así que haría bien evitando en lo sucesivo declaraciones a la prensa tan originales y tan divertidas.

—¿Me explico, eximio escritor? —concluyó.

—Como Dios.

—Pues vale.

Y colgó.

8

—¿Hubo electrochoques?

—No me fueron prescritos de puro milagro —dijo Sicart—. No olvide que Ciempozuelos era un manicomio de crónicos.

—Pero usted no estaba loco, y ellos tenían que saberlo.

—Dictaminaron un pronto, un arrebato furioso.

—Es que su hoja clínica no aclara gran cosa, la verdad.

Sicart se encogió de hombros y suspiró.

—Pues esto es lo que hay.

Toda la tarde se había mostrado parco, huraño.

—¿Qué le parece si hablamos hoy de lo ocurrido en la cabina y...?

—No sé, no sé —cortó en el acto—. Antes me gustaría aclarar algunas cosas.

Me entregará la mercancía en cuentagotas, pensé: claro, cuantas más sesiones, más dinero. También podría ser que le agobiara evocar ese momento crucial, doloroso. Ataqué por otro flanco.

—¿Recuerda si en el juicio se habló de impulso irreflexivo?

—No.

—¿O de reacción disociativa?

—No, tampoco.

—Pues el doctor Tejero-Cámara y los demás médicos exponían el caso en esos términos…

—Sí, recuerdo como parloteaban en su puñetera jerga. Pero nunca les oí decir eso. ¿Qué es una reacción disociativa?

—Algo así como vernos impulsados a hacer algo sin distinguir entre el bien y el mal. Es una enfermedad descrita como… —eché un vistazo a mis notas— como un impulso que diluye los hechos y establece relaciones extrañas con la causa.

Asintió y negó, moviendo la cabeza alternativamente, absorto.

—¡La madre que lo parió! ¡Menudo coñazo me dio el coronel médico, empeñado en que yo sufría alucinaciones! ¡Quería que se las contara, y no paraba de preguntar, el jodido! Al final me cansé y le dije que sí, que veía mujeres desnudas en las paredes. Pero lo que más le gustaba al tío era hablar del…, ¿cómo lo llamaba…? Ah, sí, el factor desencadenante.

—¿Y por qué un diagnóstico tan… concluyente?

—Ni puñetera idea.

Bebía café en un vaso con hielo que le había pedido a Felisa. En la mesa tenía un cuenco con más cubitos y se sirvió dos más, removiendo el café con un dedo. Frunció el ceño y se quedó pensativo, mirando el vacío. Rebajé mi whisky con más agua, moví el parasol para corregir la sombra y consulté mis notas, todo para darle tiempo a ordenar sus recuerdos.

—Según consta en un primer informe clínico, su caso está descrito como... —leí despacio el apunte en mi bloc— como el impulso homicida que reprime cualquier resistencia física y libera las manos, sin pasar por el cerebro, que se inhibe del acto y no se entera de lo que está haciendo...

—Pues no sé —dijo Sicart, confuso—. Lo que recuerdo es que aquello iba de mal en peor... Allí mismo, en Ciempozuelos, de resultas del bestial tratamiento, me dio un paralís cerebral, una especie de ictus, y de pronto no me acordaba de un mogollón de cosas que me habían ocurrido en la vida. Cosas que me vi obligado a aprender de nuevo.

—¿Como qué?

—Pues todo lo que me dijeron que pasó, todo el mal que me dijeron que hice...

—Un momento. ¿Lo que me va a contar es lo que usted recuerda que hizo, o lo que los médicos le dijeron que hizo?

—Pero es lo mismo, ¿no?

Imaginé sus ojos entrecerrados detrás de las gafas de sol.

—¿Está seguro?

Porque yo no lo estaba en absoluto. Sabía, porque disponía de información sobre el asunto, que el objetivo primordial de las terapias más radicales del doctor Tejero-Cámara, en aquel entonces promovidas y financiadas por el aparato represor del Régimen, era cambiar sutilmente, mediante un laborioso proceso mental de desmontaje y remontaje de carácter expiatorio, el sentido y la finalidad de ciertos delitos, sobre todo si estos eran de raíz marxista-leninista.

—Bueno, todo lo que me dijeron ellos, no —respondió Sicart con un amago de sonrisa pícara—. Yo también aporté algo. No sé si consta en mi historial clínico, pero aquellos interrogatorios de nunca acabar me jodían tanto que me hice el degenerado para terminar antes.

—¿Cómo...?

—Verá, hacerme el degenerado me convenía mucho. Para empezar, me distraía del coñazo aquel del embrollo jurídico, que me tenía muy amargado. Y de paso confundía al doctor Tejero-Cámara. El tío solía hablar de las funestas bases neuronales del marxismo, de los previsibles trastornos de la conducta libertaria, y cosas así.

—Según el diagnóstico de ese médico, lo suyo conformaba una patología designada como «idiotismo marxista». Parece una broma...

—¡No, no lo es! —cortó Sicart en seco—. El coronel no era amigo de bromas. ¡Se puso tan pesado con su método, emperrado en sacarme los demonios del coco! Que si eran demonios anarcosindicalistas, que si eran injertos libertarios, o marxistas, o catalanistas... ¡El tío imaginaba la Barcelona de aquellos años, después de la guerra, entregada a la anarquía, al puterío y al desmadre! Tuve que confesar algunas fechorías para tenerlo contento y que me dejara tranquilo.

—¿Fechorías? Explíqueme eso, por favor.

Felisa acababa de salir a la terraza con una alfombra y un sacudidor y Sicart se quedó mirándola, como si recelara de lo que iba a hacer. Uno de los alambres del tendedero estaba muy flojo, no soportó el peso de la alfombra y se vino abajo. Felisa tensó el alambre, empezó a sacudir la alfombra con energía y Sicart prosiguió:

—El coronel creía que los prisioneros rojos éramos unos tarados mentales. No diré yo que alguno no lo fuera, ¿pero todos? ¡Hombre! Con sus teorías sobre la degeneración de las neuronas libertarias y marxistas, te tocaba los cojones, el cabrón. Quería sanarnos, borrar esa tara. El primer día, un enfermero, obedeciendo órdenes, me dio una somanta de hostias. Y con la bendición del capellán, oiga. Y el coronel médico no me dejaba en paz, todo el santo día interrogando al rojazo degenerado que había quemado iglesias y había leído a Bakunin y repartía el diario *Tierra y Libertad*, eso decía él. Hasta que no podías más y confesabas por agotamiento. Por ser compañero de trabajo del señor Augé, en aquel entonces ya en chirona, se empeñaron en que a los diecisiete años yo había militado en una patrulla de control que estuvo a su mando durante la guerra, cometiendo toda clase de tropelías, algo que él siempre negó… Y también quisieron implicarme en un complot de la CNT para matar a tiros a un confidente de la bofia, un tal Eliseo Melis, del que el señor Augé me había hablado alguna vez... Verá, aquella eminencia se montaba una película del carajo con nuestras almas degeneradas, un rollo macabeo cuya finalidad era, según él, borrar la culpa gorda, enterrarla confesando nuestros vicios y nuestras perrerías anarcosindicalistas... ¿Sabe lo primero que me aconsejó? Que nunca me hiciera preguntas que pudieran disgustarme. Evita las preguntas sobre ese homicidio, no pienses en esa prostituta, no te impliques en eso, me ordenó. Ningún compromiso con la justicia, ningún deber político o moral o de conciencia te obliga a ello, decía, y tampoco cambiará tu destino, puesto que tu condena es segura y nada te librará del garrote vil. No hacer preguntas significa sanar el espíritu degenerado... Todo eso me decía. El caso es que un servidor debía parecerle muy poco degenerado, un golferas y un putero con poca mecha, porque los interrogatorios no paraban. Pero yo sabía la manera de darle carrete, y un día, cuando ya no pude aguantar más, ¿sabe qué hice?, me puse a inventar bellaquerías de rojos, de bolcheviques o así, salvajadas...

—Pero ¿con qué objeto?

—Oh, por nada, por terminar cuanto antes. Aquellos interrogatorios eran un coñazo, una verdadera tortura. Había que abreviar. Si confesabas espontáneamente alguna barrabasada propia de un anarquista malparido, como por ejemplo haber obligado a un cura a beber una botella de aceite de ricino, o haber ultrajado a una monja, te dejaban tranquilo por unos días.

—¿En serio?

—Te pedían que lo pusieras por escrito, como terapia, ¿entiende? Entonces podías dedicarte tranquilamente a eso durante un tiempo, y te trataban con más consideración. A mí me tenían tan harto que confesé haber violado a dos monjas durante la guerra. Me inventé los detalles y todo, cómo y cuándo y dónde ocurrió... Y todo era un puro camelo. Me lo inventé totalmente, sí, señor; recuerdo que a una le puse de nombre sor Lucía y a la otra sor Angustias, eran monjas de la cartuja de Montalegre de Tiana, andaluzas, y una era bizca y la otra cojeaba un poco... Fue muy sencillo. Los ultrajes anarcosindicalistas interesaban mucho al equipo médico, y daban gran importancia a los detalles. Les conté que sor Lucía había pasado la guerra oculta en un piso del barrio de Gracia, acogida por un matrimonio piadoso que tenía una fonda. Ella ayudaba en la cocina, y resulta que lo de cocinar le gustó tanto que cuando entraron los nacionales ya no quiso volver al convento, y además se quedó embarazada de un carnicero que la camelaba, y la pareja acabó montando un restaurante... El cuento interesó mucho al doctor Tejero-Cámara.

—Me imagino —concedí—. Pero, veamos...

—También me hice pasar por maricón durante una temporada.

—No me diga.

—Sí, porque en el comedor veía que a los maricas les daban ración doble de alas de pollo. ¡Joder, vaya chollo! ¡Y era facilísimo! Me inventé un popurrí de vicios y de fechorías propias de rojos, y funcionó. Está mal que lo diga, pero engañar a los psiquiatras con esas paridas llegó a divertirme.

—Pero todo eso constaría en su expediente, agravando la condena. ¿No le importaba?

—No. Porque me iban a matar igualmente, estaba convencido. Me iban a matar.

De nada servía cuestionarse la veracidad del relato, porque yo me había ya instalado más o menos confortablemente en otro nivel y cuidado de la verdad: el de la verosimilitud, algo a lo que me obliga la escritura, y que, a fin de cuentas, me importa más que cualquier realidad. El suyo era ciertamente un relato sonámbulo, manipulado y recompuesto, y muy probablemente lo iban a ser todos los que me quedaban por escuchar. Comprendí que, en un testimonio tan sobado como el del ex presidiario, los vínculos entre palabra y verdad ya solo se podían establecer a través de la manipulación verosímil, es decir, mediante otra recomposición y restauración, pues el relato me llegaba desde una desventura personal incuestionable y además anidaba en la infausta memoria de los años de plomo de la dictadura, en el resentimiento, la humillación, el dolor y el afán de revancha que aún persistían, de muy diversas formas, en el subconsciente colectivo.

En otras palabras: tal vez las cosas no ocurrieron exactamente de este modo, pero Fermín Sicart, un enigma recompuesto, un hombre que no sabía muy bien cómo asumir su pasado, las recordaba de este modo.

—¿Sabe?, ahora me avergüenzo un poco de estas animaladas que dije —añadió Sicart. Y un tanto expectante, mirando mi bloc de notas—: ¿Va usted a darlo así, tal cual?

—No lo sé, pero no debe preocuparse. Lo que se vea o se diga en la película no tendrá ninguna consecuencia jurídica. Además, no creo que su estancia en Ciempozuelos se incluya en la película, no va de eso.

—Ah, comprendo.

—Bien, se ha hecho tarde. ¿Qué le parece si lo dejamos para mañana?

—Como quiera. —Se quitó con mucha parsimonia las gafas de sol, se frotó los ojos y se levantó fatigosamente—. A ver si mañana recuerdo cosas que puedan interesarle más…

—Seguro.

Al día siguiente se presentó con una leve afonía y Felisa le preparó un zumo de limón con miel. Durante un par de sesiones habló con una voz trufada de carrasperas y pausas que, curiosamente, potenció la extraña capacidad de convicción de su discurso, a pesar de algunas mentirijillas e incongruencias.

Mantenía mis suspicacias con respecto a la solvencia estrictamente memorialista del interlocutor, y pronto advertí que el trabajo avanzaba en una dirección acaso no exenta de interés, pero que no era la acordada con Héctor Roldán al establecer las bases del guión. Me preguntaba si realmente Sicart me iba a ser de gran ayuda y hasta qué punto era conveniente basar los hechos escuetos en su testimonio, porque en cuanto surgía la posibilidad de un móvil que apuntara al crimen, aunque ese no era el objetivo de mi trabajo, la persistente desmemoria —fuera esta congénita o inducida mediante la terapia, eso quedaba por ver— lo desbarataba.

Su mente se me antojaba algo así como una consola antigua con los cajones de la memoria trastocados; donde esperabas encontrar camisas había calcetines, y donde calcetines, calzoncillos. Empecé a pensar que el mejor camino para obtener la verdad desnuda podría ser otro: suponiendo que esas lagunas mentales o tergiversaciones involuntarias no fueran ciertamente de origen genético, sino inducidas, es decir, los sombríos restos de una memoria expurgada, saqueada y remendada mediante el severo tratamiento de choque recibido en el psiquiátrico de Ciempozuelos, y cuyas secuelas ya se manifestaron durante el proceso, ¿no habría que empezar a considerar ese olvido manipulado y reconstruido, o injertado, por decirlo así, como la materia primordial de la historia, la más interesante y veraz?

«El acusado declara que no recuerda qué le indujo al asesinato de la prostituta», decían en un periódico que consulté.

«Recuerdo cómo y dónde lo hice, pero he olvidado por qué lo hice», decía otro titular.

Eso fue lo que declaró entonces y repetía ahora. Palabras que sonaban sinceras, pero que me tenían con la mosca en la oreja. ¿Cómo podía alguien recordar los pormenores de algo tan espantoso, nada menos que un crimen por estrangulamiento, y no recordar por qué lo había hecho? ¿Existía realmente una terapia capaz de enterrar en el olvido la causa que le llevó a cometer el asesinato, la razón o la sinrazón que le indujo a semejante horror, y al mismo tiempo conservar una memoria muy precisa de cómo cometió ese horror?

Por otro lado no podía dejar de pensar en la confusión que propició su pitillera. Fue solo un instante, pero durante ese breve instante Sicart creyó de veras que la pitillera era mía. ¿Cómo se explicaba ese desvarío? ¿Se debía acaso a la demencia senil que empezaría a aquejarle y que me estaría ocultando para no perder la paga, o quizá a aquello que treinta años atrás podrían haberle inoculado en Ciempozuelos, fuera lo que fuese? Por lo demás, tenía yo muy presente que recordar es interpretar, es ver las cosas pasadas de una determinada manera. Así que habría que estar atento.

En cualquier caso, se me ocurrió que Roldán quizá no andaba tan desencaminado con su idea de las pompas de jabón tóxicas que había que reventar, pues a ratos mi interlocutor parecía mentalmente instalado en una burbuja tan irisada, tan reflectante y tan engañosa como errática y versátil.

9

La mañana del lunes siguiente trabajé desganadamente en una escena clave en la cabina de proyección del cine Delicias, luego me tumbé un rato en el sofá, leí en la prensa un artículo sobre la Transición política que auguraba desgarros y canguelos por doquier, y me fui a nadar.

El abrazo del agua no fue tan efusivo como otras veces, la carga suplementaria de suspicacias y recelos lastraba el ímpetu y el ritmo de la brazada. A esta hora no solía haber nadie en la piscina, salvo la señora Falp, una abuelita rubia de expresión felina, diminuta y risueña, con brazos y piernas de alambre, pero imbatible en el agua; nadaba tres largos en el tiempo que yo apenas conseguía terminar uno, y alternaba el crol con un depurado estilo en braza y espalda. No me venía de nuevas verme humillado puntualmente por la temible anciana, siempre en forma y bravísima con su gorrito y su bañador rosados, sobre todo cuando se exhibía en espalda, balanceando sosegadamente el cuerpo, deslizándose sobre el agua como una anguila y con una persistente sonrisa. En la oreja derecha lucía un pendiente en forma de estrella con un solitario rubí, que brillaba incluso sumergido bajo la persistente efusión de espumas y burbujas que siempre rodeaba a la sirena. Al cruzarnos en mitad de trayecto, mientras nadaba crol, su boquita de pez asomó en la superficie del agua por debajo de la axila hecha un pingajo, y me miró sonriendo:

—¡Ya llevo cincuenta largos! ¡¿Y usted?!

—¿Cómo dice...? —farfullé—. No oigo...

—¡Métase en la sauna! ¡Es lo mejor cuando hay flojera!

Le di la razón, pero ya estaba a diez metros y no me oyó.

Terminé antes de lo habitual y a la una y media estaba de vuelta en casa. Comí sin apetito y le gané una apuesta a Felisa, que me había recibido con un sarcástico comentario/adivinanza:

—Se está mejor en casa que en ningún sitio.

—Judy Garland en *El mago de Oz*.

—¡Puñeta! —No le gustaba perder—. Le debo un duro.

Antes de encerrarme de nuevo en el estudio, Felisa me hizo saber que había recogido otras dos colillas en una maceta de claveles de la terraza, la que estaba más cerca de donde nos habíamos sentado Sicart y yo, y me comunicó que no estaba dispuesta a recoger ni una puñetera colilla más en ninguna maceta.

—Yo no he sido —le dije—. ¡Lo juro!

El homicida desmemoriado llegó puntualmente a las cinco. Desde la ventana del estudio estuve mirándole otra vez un buen rato, demorando, sin saber muy bien por qué, el momento de enfrentarme a él. Le vi pasear por la terraza, pensativo y sigiloso, y luego plantarse bajo el parasol con las manos a la espalda y la cabeza gacha, observando con fijeza la silla en la que tal vez pensaba sentarse. Felisa se acercó a él con una bayeta en la mano, y, mientras frotaba el mármol de la mesa, le preguntó si quería un café.

—No, gracias —dijo Sicart—. Pero aceptaría una cerveza con mucho gusto, señora Eloísa. Si no es molestia.

—Ninguna molestia. Pero mi nombre es Felisa.

—Claro, disculpe. —Dejó escapar una risita—. No sé qué me pasa últimamente, confundo los nombres. Deben ser los resabios de aquella terapia que me revolvió los sesos.

—Tiene usted ausencias, señor Picart. Síntomas de demencia senil. A nuestra edad, es lo que toca.

—De eso nada, oiga. Olvidar un nombre no es estar demenciado. ¡Qué va! ¡Faltaría más!

—Por ahí se empieza, señor Ricart, téngalo por seguro.

—¡Puñeta, no! ¡De eso, un servidor ni rastro!

—Bueno, pues me alegro —dijo Felisa frotando frenéticamente la mesa. Levantó el cenicero para pasar la bayeta y volvió a dejarlo caer sobre el mármol con un ruido sordo—. Pero cuando a uno le flaquea la memoria...

—¡Es que no me flaquea, no, señora! Es... otra cosa.

—Puede parecer otra cosa, señor Guitart...

—Sicart.

—... pero es un claro síntoma de la enfermedad, se lo digo yo. —Vuelta de espaldas, Felisa escurrió la bayeta con fuerza, aunque no había nada que escurrir. Sonrió maliciosamente y añadió—: ¿Quiere la cerveza en una copa helada? ¿Le traigo un cenicero más grande? Responda primero a la segunda pregunta.

—No. Quiero decir... que no hace falta, con este me arreglo... —Se cortó, confuso—. Señora, no entiendo sus bromas, ¿sabe?

Felisa cabeceó con aire resignado e inició la retirada.

—Siéntese —le espetó—. Ahora mismo le traigo su cerveza.

—Vale. Se agradece. —Recostado en la silla, cruzó los dedos bajo la nuca mientras miraba a Felisa con el rabillo del ojo. Cuando la tuvo lo bastante lejos para que no pudiera oírle, masculló con sorna—: De verdad que se agradece, señora E-looo-íiii-sa.

Era una tarde muy calurosa pero inestable, con una luz desflecada y mortecina, como de lluvia entreverada de sol y suspendida en el aire. Salí a la terraza muy animoso, le tendí la mano y me senté con mi bloc de notas y un bolígrafo. También dispuse por primera vez una grabadora, que mi interlocutor miró con cierto recelo. Yo estaba deseando escenificar el crimen con pelos y señales, sin descuidar los detalles escabrosos, pero quería enfocar el asunto delicadamente, para no incomodarle, empezando por algún tema secundario que en el fondo me interesaba poco. O eso creía. Mientras consultaba mis notas llegó Felisa con la cerveza para él y un whisky con agua para mí. Se quedó de pie detrás de Sicart con la bandeja apoyada en el pecho. Pulsé la grabadora.

—Veamos. Antes de que Carolina Bruil apareciera en su vida, señor Sicart, en el año... —Reparé en el color blanquecino del whisky. Lo probé, era casi todo agua, y dirigí una severa mirada a Felisa antes de proseguir—. En el año cuarenta y cinco, usted sufrió un interrogatorio en la Jefatura Superior de Policía sobre ciertas actividades de su compañero de trabajo, Liberto Augé, que estaba siendo investigado por la Brigada Social.

—Sí. Menudo coñazo.

—Me llama la atención algo que dijo usted entonces. —Le hice una discreta seña a Felisa, que de mala gana empezó a retirarse—. Algo muy chocante...

—Ah, no me extraña. ¡Aquel interrogatorio fue la hostia! Querían empapelar al viejo, enseguida me di cuenta, así que empecé a liarlo todo y a soltar trolas para confundirles. ¡Y vaya si lo conseguí! —Esperó a que Felisa desapareciera y añadió—: Les dije joder, se equivocan, el señor Augé no es un anarquista ni lo ha sido nunca, solo es... ¡un mariquita! ¿No han visto cómo camina? ¡Es marica! Aquellos polis se quedaron patidifusos, no habían contado con mi coña marinera. ¿En serio es maricón?, decían. Empezaron a especular y no se aclaraban. No me sacaron nada.

—Pero el señor Augé no era homosexual...

—¡Claro que no! Era un hombre y los tenía bien puestos. Pero yo engañé a todos aquellos gilipollas.

—Ya. En todo caso ahora no me refería a lo que declaró usted sobre Liberto Augé, sino acerca de otra persona.

Insistí en que me había llamado la atención que ya entonces, cuando aún no había oído hablar de Carol, declarase haber conocido al hombre con el que ella estuvo casada, un fugitivo de la justicia, un tal Jesús Yoldi.

—Ah, eso. Fue pura casualidad —dijo Sicart—. Aquel hombre vino al Delicias a ver al señor Augé, no a mí. Eran amigos. Yo no le conocía de nada... ¿Y cómo iba a imaginar que años después me enamoraría de su viuda? Lo único que entonces me dijo la policía es que usaba un nombre falso y era peligroso, un anarquista dispuesto a todo.

—¿Cómo fue su encuentro con él?

—Pura chamba, ya le digo. Vino una tarde al cine, llamó a la puerta de la cabina y preguntó por el operador Augé, dijo que era amigo suyo y que necesitaba hablar con él urgentemente. Recuerdo que llovía mucho y llegó empapado... Después de aquel día no volví a verle.

Consignados en el expediente, los hechos eran estos: un día lluvioso del mes de mayo de 1945, mediada la sesión de la tarde, un hombre que dijo llamarse Jesús Yoldi se presentó en la cabina de proyección del cine Delicias preguntando por su amigo Liberto Augé. El joven operador, Fermín Sicart, le informó de que el señor Augé no estaba y no sabía si vendría, pues últimamente no se encontraba muy bien. También declaró no haber visto nunca antes al visitante y que además fue de lo más inoportuno, porque llegó justo cuando se acababa el primer rollo de la segunda película, una de Cantinflas en pésimo estado, que sincronizaba mal, y que hubo un corte de luz y todo presagiaba una sesión accidentada. Y que el desconocido ofrecía un aspecto lastimoso, además de muy extraño, con una peluca muy relamida y un maquillaje de polvos de arroz, como de galán maduro y tronado, con las sienes plateadas y una perilla y un bigote que parecían postizos, y labios y cejas pintadas que la lluvia había corrido. La gabardina abierta dejaba ver un atuendo de payés, faja negra y chaleco, pantalón de pana y alpargatas.

—Parecía un pajarraco mojado —añadió Sicart—, y con una cara como si acabaran de darle de hostias... De hecho, el tipo iba disfrazado, me lo explicó después el señor Augé, porque los perros de la Social andaban tras él, y es que era o había querido ser actor y los domingos actuaba en un pequeño teatro de aficionados de esos, ya sabe, una antigua cooperativa obrera del barrio de Gracia que llamaban *El cor de l'Aliança*, creo, adonde solía ir ya maquillado desde casa para que no le reconocieran por la calle. Pero es que, además, aquel día sufría un ataque de cuernos, y yo no lo sabía, claro… Recuerdo que tenía los ojos como bichas, y uno más pequeño que el otro.

Días después el señor Augé le haría saber que se trataba de un compañero del sindicato con el que compartía tareas de información y propaganda, que había sido denunciado por un vecino facha, y por eso iba disfrazado y llevaba un tiempo durmiendo en casa de unos amigos, por precaución. Según el señor Augé, era un hombre decidido y valeroso, un miembro destacado de la CNT, pero aquel día daba pena, añadió Sicart.

—Me preguntó si podía esperarle allí, en la cabina, y lo vi tan jodido que no supe negarme. Se sentó en la silla y pareció distraerse un rato con el periquito y escuchando el parloteo de Cantinflas. Arrugaba la nariz y se restregaba los ojos, y pensé que era por el olor de la acetona, pero no. Al poco se tapó la cara con las manos y vi que estaba llorando… Yo no sabía qué hacer. Saqué la botella del armario y le ofrecí un vaso de vino, pero no quiso. El ruido del proyector le estaba machacando, y le dije que estaría mejor esperando al señor Augé abajo, en el cine. Ni me contestó. Media hora después se cansó de llorar y de esperar y se marchó sin decir nada.

Cinco días después, cuando el señor Augé volvió al trabajo, ya estaba al corriente del asunto. Lo habían interrogado en la comisaría de la Travessera de Dalt por su relación con Braulio Laso Badía, alias Jesús Yoldi, y, sobre todo, acerca de su muerte, ocurrida dos días antes. Porque el martes 14, tres días después de su visita al cine Delicias, el que se hacía llamar Jesús Yoldi se había ahorcado en una glorieta de la calle Legalidad, en la azotea de un edificio cuyos vecinos declararon no saber quién era ni haberle visto nunca. La causa de tan funesta decisión, según la policía, fue descubrir que su mujer le engañaba con otro hombre. Al parecer, la tarde que recaló en el cine Delicias, buscando tal vez algún consuelo en su amigo Augé, la estuvo siguiendo bajo la lluvia desde que ella salió de casa y pudo verla con su amante en un bar de la calle Mayor de Gracia, ambos en una actitud que no dejaba lugar a dudas, la del fulano sobre todo, un falangista con su uniforme negro, botas y correaje y quién sabe si pistola...

—Bueno, la bofia se lo contaría al señor Augé con otras palabras, claro —concluyó Sicart—. Son perros del mismo pelaje, esos cabrones, y entre ellos no se ladran, pero yo lo veo de otro modo. En todo caso, el señor Augé declaró no saber nada del asunto ni conocer a la mujer que había traicionado a su amigo, ni siquiera tenía conocimiento de que estuviera casado o viviera en pareja... Le sorprendió mucho saber eso, aún le veo llorando de pena y a la vez maldiciendo a su camarada, cabreado porque no entendía que le hubiese ocultado que vivía con una artista de las varietés, bailarina o equilibrista o algo así, una mujer joven con un hijo. Sería por querer protegerla, por si le detenían algún día, pero el viejo no entendía que nunca se lo hubiera dicho. ¿Se avergonzaba tal vez de ella?

Se interrumpió al oír el timbre del teléfono en mi estudio. Sonó cuatro veces, hasta que Felisa descolgó. Sicart se ajustó las gafas sobre la nariz y apuró su botellín de cerveza bebiendo a morro. Tosió, cabeceó tristemente y prosiguió:

—Así que sufrió un ataque de cuernos y se ahorcó. Según la policía, dejó una carta explicándolo, echándole la culpa a la mujer que amaba... Pero ¿sabe lo más triste del asunto? —Hizo una pausa, sin dejar de cabecear—. Pues que el pobre diablo se mató por nada. Que no tenía por qué hacerlo, vaya. ¡Fue un puñetero malentendido!

Felisa venía hacia nosotros a buen paso.

—¿Un malentendido? —dije.

—Lo que oye. Lo supe mucho después, pero me impresionó como si acabara de ocurrir... ¡La cosa más jodida que puede pasarle a un hombre enamorado!

Se quitó las gafas y se restregó los ojos antes de mirar a Felisa, que acababa de plantarse frente a él, aunque su mensaje era para mí:

—Llamada urgente de Madrid.

—¿El productor Vilches?

—Su secretaria.

Era la segunda llamada en menos de una hora. Presentía malas noticias. Pero yo estaba pendiente de Sicart y su ensimismado cabeceo, su pugna con los recuerdos: a punto de revelar algo importante. O eso creía.

—Dígale que aún no he vuelto.

—No me va a creer.

—Pues dígale que estoy en la ducha. Que le llamaré más tarde.

Sicart seguía cabeceando, pensativo, y Felisa se quedó allí durante unos segundos mirándole con mal disimulado recelo, como si dudara de su testimonio. Luego dio media vuelta y se fue.

—Como le decía —prosiguió Sicart—, me enteré de ese malentendido dos años después, y fue por Encarnita... —Cerró los ojos, carraspeó y de pronto su voz parecía salir de un pozo, se hizo sorda y lejana cuanto más se esforzaba por hilvanar una explicación que se abría paso con dificultad, con pausas reflexivas en medio de una monserga de supuestas buenas intenciones, equívocos y jugarretas del destino o remordimientos compartidos con su víctima; palabras medio susurradas medio escupidas bajo las que latía, me pareció, un sentimiento de culpa, pero no por el crimen, no por haber segado la vida de la mujer amada, sino por no haber atinado sobre la persistencia de tanta soledad y tanta tristeza en su vida, no haberse interesado antes por su infortunio ni haberla ayudado lo bastante. ¡Si él hubiera sabido que aquel infeliz disfrazado de payés que llamó un día a la cabina era su marido! ¡O si Encarnita hubiese conocido a Carol y las trágicas consecuencias de aquel equívoco dos años antes, cuando su amiga empezó la carrera de fulana! Porque entonces también él se habría hecho cargo de la desdichada historia a tiempo. Pero la primera vez que la tuvo en sus brazos ya poco se podía hacer por ella, ya se había tirado a la bebida, ya había muerto también su hijo y había perdido el trabajo y toda esperanza, ya estaba resignada a su suerte y al engañoso amparo de su verdugo, el falangista Mir, que acabó por apoderarse de su voluntad mediante quién sabe qué mentiras y promesas o tal vez amenazas, de modo que cuando él pudo completar la historia del trágico error que provocó, ella ya se había echado a perder y poco se podía hacer por devolverle el amor propio, por mucho que uno la amara.

Toda la tristeza del mundo estaba en sus ojos de china, añadió, incluso cuando se reía, y fue precisamente la pena que sintió por ella al verla tan desgraciada lo que le llevó a comentarlo con Encarnita, que le explicó por qué bebía tanto y por qué se había entregado totalmente al bestia del amante desde que perdió a su amor, al único hombre que había querido de verdad, muerto por su culpa: porque aquel desdichado se suicidó al no poder soportar que ella le engañara, con un falangista nada menos, esa era la dolorosa verdad. Pero esa verdad, según le había revelado Encarnita, ocultaba otra todavía más dolorosa.

—Y es que Carol solo pretendía ayudarle —concluyó Sicart.

Porque fue por eso, añadió, por ayudarle, que ella trabó amistad con el alcalde Ramón Mir Altamirano, el cacique político del barrio, la momia del «Momimiento», decían de él algunos coñones en la taberna, aunque en la calle le temían y respetaban. Ella lo conocía de vista, Mir era asiduo a las varietés del Salón Guinardó, donde Carol actuó varias veces aquel invierno con el nombre artístico de Chen-Li, la amorosa Gata con Botas, cuya imagen Sicart aún recordaba en los carteles de propaganda pegados en bares y colmados del barrio, y también en la taquilla del cine Delicias. Deseando sorprenderme con su cuestionada memoria (que ya me había demostrado que no era tan mala para según qué, recitando la alineación del Barça de entonces al completo: Miró, Zabala, Benito, Raich, Rosalench, Franco, Sospedra, Escolá, Martín, César y Bravo), Sicart bromeó recreando una sugestiva y más que probable programación del local que tal vez habría interesado a nuestro director Roldán, tan adicto al puñetero hecho real. Era más o menos eso:

SALÓN GUINARDÓ. Escornalbou, 43.

Días 5 y 6 de febrero de 1945, sábado noche, domingo tarde y noche. ¡Selectas Varietés! CONCHITA LUCENA, baile clásico español. MATARI, caricato y fino humorista. PROFESOR FASSMAN, mago internacional y adivino. RUFIÁN y TARDÁ, afamada pareja de payasos volatineros y saltimbanquis. CARMEN DE GRANADA, la artista que personifica el arte andaluz. CHEN-LI, «LA GATA CON BOTAS», bailarina excéntrica y acróbata. PILAR RAJOLA, contorsionista verbal y cómica radiofónica. PATRICIA GARBANCIO, aplaudida intérprete del tango-sardana. ANTONIO AMAYA, el Gitanillo de Bronce, artista predilecto del público. Precio localidad: 1,50 ptas.

—Los mismos artistas tronados que actuaban en las varietés de los cines Selecto y Moderno, aún veo sus nombres en los carteles —añadió Sicart—. ¡Menuda farándula! Pero vamos a lo que importa. Rebobinemos.

Con gesto desabrido evocó al falangista Ramón Mir Altamirano y remarcó lo fachendoso y teatrero que era, un calentorro adicto a las varietés que no se perdía ninguna de las actuaciones de La Gata, que se la quería ligar y ya le había tirado los tejos tropecientas veces, según ella misma le contó a Encarnita: que se dejó camelar haciendo de tripas corazón y hasta coqueteó con aquel cabrón presuntuoso con la esperanza de conseguir algún aval o una recomendación para su hombre, que vivía oculto y con nombre falso desde hacía tiempo porque la bofia lo buscaba.

—Solo pretendía sacar del atolladero al hombre que amaba —precisó Sicart—. Por eso aceptó las invitaciones de Mir, para contarle sus cuitas y despertar su compasión, para explicarle llorando que su marido había sido injustamente denunciado por un vecino, un novio despechado que ella tuvo… Creía que el falangista la ayudaría.

—Qué ingenua, ¿no? ¿Qué podía esperar de semejante tipejo?

—Ya, pero ella pensó que valía la pena probar…

—Es que además el asunto no era ninguna broma. Había contra su marido una orden de busca y captura. ¿O no?

—Sí, creo que sí.

—Entonces era una ingenua.

Sicart se encogió de hombros con aire resignado.

—Pero qué otra cosa podía hacer, la pobre. Hizo lo que mucha gente hacía entonces, suplicar favores al cabrón que mandaba, fuera un jefazo de Falange o un mierdecilla como Mir. Era lo corriente en aquellos años, muchas familias vivían miserias como esa.

Había que entender la buena fe de Carol y la desvergüenza del falangista, añadió, que presumía de autoridad y de estar bien relacionado y le hizo creer que el caso de su marido no era grave, que él podía mover algunas influencias de alto nivel y conseguir tal vez la revisión de la causa, una recomendación o por lo menos algún atenuante que permitiera blanquear el pasado sindicalista del encausado, dando, eso sí, el oportuno testimonio de su adhesión inquebrantable al Régimen, testimonio que él mismo estaba dispuesto a avalar. Incluso la llevó consigo en alguna visita a la sede de la Jefatura Provincial de Falange, en el paseo de Gràcia, presumiendo ante ella de supuestas buenas relaciones, y le habló de sus contactos en el Gobierno Civil y en la Fiscalía militar, asegurándole que si en el expediente no constaban delitos de sangre, como parecía ser el caso, era más que probable que el asunto se acabara archivando... Carol actuaba sin decirle nada a su hombre porque sabía que él no lo habría consentido, y porque desde el primer momento intuyó lo que Mir le pediría a cambio y no quería pensarlo demasiado ni quería arredrarse, estaba dispuesta a cualquier sacrificio. Mantuvo tres o cuatro citas con él en el bar Monumental de la calle Mayor de Gracia y al final vio que había que echar el resto y se dejó llevar a un *meublé* detrás de la plaza Lesseps, y ese fue el día lluvioso en que Jesús Yoldi la siguió por la calle...

—Vaya, una mujer extraordinaria, sí, señor. —Después de una pausa, aventuré—: Pero fue tan decidida al sacrificio que resulta extraño, ¿no? A no ser que... Bueno, se me acaba de ocurrir. A no ser que antes ya hubiese tenido alguna experiencia en el mundo de la prostitución.

Pude entrever cómo los rugosos párpados de Sicart bajaban despacio, grávidos, pesarosos, detrás de las gafas oscuras.

—No consta —dijo secamente—. Además, eso no, de ningún modo. Ella nunca fue una puta como las demás.

—Comprendo. —Dejé pasar otro rato—. ¿Y cómo llegó a saber la policía que esa historia de cuernos no era lo que parecía?

—No lo sé. Pero la bofia andaba detrás del suicida desde hacía tiempo... Yo le conté al señor Augé todo lo que me había contado Encarnita, y no quiso creerlo. El señor Augé siempre dijo que Carol buscó al falangista Mir por puta y por cabrona, y que no se citó con él en el bar Monumental para salvar a su marido de la cárcel, sino para denunciarlo... Se equivocaba, claro.

—¿Y Augé nunca se lo echó en cara, al verla con usted?

—Creo que solo la vio una vez y le dio pena, porque estaba muy borracha. Y ella, claro, malditas las ganas que tenía de contar la puñetera verdad de lo ocurrido, ni al señor Augé ni a nadie...

—Pues hay un informe que tampoco encaja con eso. En el expediente de Augé se afirma que Carolina Bruil, en la época en que usted la conoció, frecuentaba la comisaría de la Travessera de Dalt en compañía de Ramón Mir, probablemente obedeciendo instrucciones de este, que ya la había convertido en confidente...

—Nunca he creído tal cosa —se apresuró a desmentir Sicart—. Eso lo inventaron los cabrones de la Social, porque les convenía. Como nunca consiguieron demostrar nada... Ella no era capaz de eso, puede usted poner la mano en el fuego. Era una buena mujer. No denunció a su marido, y tampoco tenía por qué denunciar o comprometer al señor Augé.

—¿Seguro? —De nuevo consulté mis notas—. ¿Se acuerda de cuando perdió un pendiente en la cabina?

Sicart se llevó la mano al cogote y meneó la cabeza.

—No sé. A ver... ¿No fue el día que vino con una moña monumental?

Le recordé los hechos. Según la versión de la policía, Liberto Augé, el viejo anarquista sospechoso ya entonces de pertenecer al ilegal Sindicato de Espectáculos Públicos de la CNT y sujeto a estrecha vigilancia, estuvo la mañana del 3 de octubre de 1947 en la cabina del Delicias cargando las bobinas y revisando el proyector, tareas de mantenimiento en las que venía ocupándose últimamente, dejándolo todo listo para la sesión de tarde a cargo de su compañero Fermín Sicart. Por otra parte, el informe sobre las actividades de la prostituta Carolina Bruil Latorre revelaba que ese mismo día, al atardecer, ella visitó a Sicart en la cabina y allí se dejó hacer todo a cambio de una frugal cena y una propina, no sin antes pedirle a su cliente que la dejara ir a por unas cervezas al bar de la esquina, donde la esperaba su amante R. M. A., que la invitó a unos vinos y le dio instrucciones: volvería junto a Sicart y en cierto momento, cuando lo creyera oportuno, debía decirle que acababa de perder un pendiente y simular que lo buscaba por toda la cabina, ya que eso le daría ocasión de registrar las sacas de las películas que Augé había recibido por la mañana.

—Todo hace pensar que, aleccionada por Mir, aunque el informe de la policía no precisa los objetivos del registro —añadí—, ella debía encontrar ejemplares de *Solidaridad Obrera,* el periódico clandestino de la CNT, escondidos en las sacas, y sobres con dinero. Según su expediente, una de las misiones asignadas entonces a Augé, que ya estaba muy enfermo, era el cobro de cuotas de los afiliados al sindicato, así como el reparto de la correspondencia de presos a sus familiares. Así que ella...

—No, eso no —musitó Sicart—. Carol nunca habría hecho eso.

—Fue confidente de la policía, no lo olvide.

—¡Pero hombre, ¿que no lo ve?! ¡Todo fue un invento de aquellos malparidos de la Brigada Social! —Enseguida se calmó—. Bueno, y si hizo algo así alguna vez, fue obligada por el cabrón del fulano. Equivocada o no, todo lo que hizo Carol, primero por su hombre y después por su pobre niño enfermo y por ella misma, siempre fue con la mejor intención...

—Lo comprendo. Pero dígame una cosa. ¿A usted le parece lógico que después de lo ocurrido se liara de verdad con Mir, un sujeto repugnante?

—Pues no sé qué decirle. Nunca me atreví a preguntárselo.

—¿Cree que pudo hacerlo como... una forma de expiación?

Sicart meneó la cabeza, confuso.

—¿Qué quiere decir? Oiga, eran tiempos muy jodidos y había que apechugar con lo que fuera. Si vendiendo el alma salías de la miseria, pues la vendías. Si Carol acabó liándose con aquel hijo de puta, lo haría para salir de la miseria. Y por su hijo. Seguro. Es lo que yo siempre pensé.

Tenía mis dudas, pero no dije nada, porque le vi abrumado también por la sospecha. Ciertamente, en el corazón de aquella mujer solo podía haber un poso amargo de sexo y remordimiento. En cuanto al falangista Mir, estaría viviendo con ella una panoplia de amoríos furtivos y luceros apagados...

Oí a mi espalda el cric-cric de las tijeras de podar y me volví. Moviéndose sigilosa, Felisa estaba podando las macetas de helechos en el otro extremo de la terraza, hablando entre dientes.

—Ya lo tengo —la oímos susurrar—: La raza degenera.

—Estará tramando algún acertijo —le dije a Sicart.

Habíamos prolongado la charla más de lo habitual y estaba anocheciendo. Di por terminada la sesión, apagué la grabadora y propuse otra cerveza, que él rehusó diciendo que tenía algo de prisa. Se levantó contrariado, refunfuñando en voz baja y para sí mismo: «A ver si mañana me acuerdo mejor, coño, a ver...», pero antes de irse permaneció un rato de pie junto a la baranda, fumando, las gafas negras en la frente y mirando cómo las primeras sombras de la noche caían sobre la ciudad, acaso ordenando sus recuerdos en el negro agujero de su amnesia presumiblemente inducida y reconducida, tanteando al mismo tiempo el borroso perfil de otra ciudad que se extendía más allá de donde alcanzaba la mirada, la condenada ciudad gris de su condenada memoria. Una ciudad fantasmal, invernal y remota, inexpugnable, tan obsoleta y a la vez tan persistente en su ánimo como en el mío. Y sería quizá por eso que, viéndole allí de pie, escrutando las últimas luces del día como si esperara de ellas alguna señal, sentí de pronto que algo indefinible me empujaba a ponerme en su lugar y a mirar el perfil de la ciudad con sus mismos ojos descreídos y desde su misma precaria perspectiva: ambos perplejos y expectantes frente al pasado y de espaldas al futuro; haber sido él, haber vivido aquel horror, haber estado allí aquel nefasto día, haberme sentido impelido a matar... Aunque el sentimiento de pérdida o de desarraigo con la ciudad no podía ser el mismo, pues el destino había sido mucho más severo con él que conmigo, sentía que el túnel de la desmemoria donde él parecía perdido no podía, no debería serme totalmente ajeno.

Una vez solo me quedé sentado en la terraza, intentando ordenar algunas imágenes y ver qué especie de artefacto narrativo podía salir para añadirlo al guión. Me abrumaba un exceso de datos y de información que probablemente no me servirían de nada. ¿Qué tenía en realidad? Un melodrama bastante sudado, una desmañada epopeya sobre el desesperado espíritu de sacrificio de una mujer, un relato infectado de sentimentalidad y con ribetes porno. A ver si no: una pobre artista de varietés sin mucho pesquis accede a acostarse con un fatuo falangista sin entrañas que le promete interceder por su marido en apuros, el marido se considera traicionado por esta valerosa mujer y se suicida, dos años después ella lo ha perdido todo y se prostituye en manos de su presunto benefactor, hasta que un día muere estrangulada por un nuevo amante y sin motivo aparente.

No olvidaba que la penosa historia no debía convertirse en el argumento de la película bajo ningún concepto, aunque la tentación de transgredir esa norma era casi permanente. Por ejemplo: puesto que buena parte de la información sobre el suicidio procedía de expedientes y requisitorias policiales, ¿sería muy descabellado sospechar de una trama elaborada por la Brigada Político-Social para echarle a Carolina Bruil toda la culpa? La carta que Jesús Yoldi dejó explicando por qué se ahorcaba, ¿no pudo muy bien haberla escrito otra persona? Y había otros muchos subtemas que podían acabar apuntando a nada, otros cabos sin atar que sin duda harían feliz a Roldán, proveyéndole de aquellas burbujas tóxicas que nos dejó el Régimen y que el intrépido director anhelaba reventar... Material desechable que, en realidad, no estaba tan mal: una bonita historia de amor y sacrificio bien empaquetada en los grises años cuarenta, una especie de trampantojo psicológico y policial encerrado en una engañosa burbuja, lista para que hacer... ¡plaf!

En cualquier caso, aquella línea de trabajo que inicialmente habíamos considerado, la de abrir varios frentes teóricos sin agotar ninguno, parecía llevarme ciertamente a ninguna parte, augurando el peor de los presagios: el de estar creando unas expectativas sobre el crimen que al final se verían frustradas, pues el tema primordial, tan querido por Héctor Roldán, era precisamente este: aquí en este país no pasa nada, nunca pasa nada. Y a ratos me remordía la conciencia: estás preparando al lector para algo que no le vas a dar, me dije, cuando te gustaría prepararle para darle algo que no espera..., aunque tú mismo ignoras qué podría ser.

¿Debía persistir buscando una verdad tan enmascarada, cuando esa verdad suscitaba menos interés que la máscara? No me pagaban para eso.

10

Suspendí la natación durante dos semanas a causa de una otitis, dolencia a la que soy propenso, y Felisa no paró de darme la tabarra hasta que acudí al otorrino. En la sala de espera había un matrimonio anciano, con el que había coincidido en alguna otra ocasión. Ni él ni ella buscaban conversación y mantenían entre sí un silencio formal bien sedimentado y consolidado. Hojeaban viejas revistas con aire distraído, sentados frente a frente, él con las piernas estiradas y muy relajado, ella doblada sobre sí misma y muy concentrada en la lectura. En cierto momento, la mujer dejó de leer, se quedó mirando los pies de su marido y dijo:

—Te has puesto otra vez esos horribles calcetines amarillos.

El hombre pareció no oírla y siguió con la atención puesta en la lectura. Al cabo de un rato la mujer añadió:

—La semana pasada te compré unos calcetines grises. ¿Por qué no te los pones?

Su marido encogió las piernas y se miró los pies.

—Son estos, Cloti. Mira. Los llevo puestos.

—Son amarillos.

—Que no. Son de color gris. Míralos bien.

Nuevo silencio. Al poco ella añadió:

—Te los compré el viernes, me acuerdo muy bien...

—No. Fue el miércoles. Lo sé porque es el día que juego a la petanca con el tarambana de tu hermano.

Ceñuda, recelando, la mujer volvió a la lectura. Por poco rato.

—Oriol, mira, aquí hay una entrevista con ese autor de novela gris que tanto te gusta...

—Novela negra, querrás decir.

—No, señor; sé muy bien lo que me digo. Novela gris.

—Pues entonces no me interesa —dijo él. Y con expresión de armarse de paciencia, añadió—: Cloti, ¿no te he dicho mil veces que la novela negra es la que indaga mejor en los conflictos sociales, la que mejor explora la condición humana, la que denuncia de manera implacable las injusticias y las corruptelas de nuestra sociedad...?

Su mujer le interrumpió:

—¡¿Ya estamos otra vez repitiendo esas majaderías, Oriol?!

El hombre calló y, ceñudo, hundió la nariz en lo que leía.

(De momento este diálogo no encaja en el tratamiento del guión, parece muy ajeno al tema central. Pero tal como van las cosas... Quién sabe.)

De vuelta en casa, me serví un whisky en el estudio y llamé a Carmen. Sin novedad en Amsterdam. Paseos en bicicleta por Utrechtsestraat, visitas al Museo Van Gogh, excursiones agradables, los chicos bien, escribiendo postales todo el día, ¿recibiste la oreja de Van Gogh dibujada por tu hijo pequeño?, los primos muy atentos, el clima espléndido.

—¿Cómo te va con la película? —añadió—. ¿Aún no te han despedido?

—De momento me respetan.

—¿Y con Felisa?

—Muy mal, me está esquilmando.

—Que no se olvide de regar mis petunias... —Se interrumpió al oír un repentino guirigay de voces—. ¡¿Queréis callaros un momento, chicos?! —Una suave regañina, y enseguida—: ¿No has tenido que ir a Madrid?

—¡Ni ganas! No veas, lo que pasa aquí en Cataluña son collonadas, pero lo de Madrid es un sainete. ¡Estamos viviendo momentos históricos!

—Venga, no empieces —protestó Carmen—. Aquí también se habla de nuestra Transición, ¿sabes?, y me preguntan y...

—Diles que esto va a toda hostia. A poco más de un año del asalto de los tricornios en el Congreso, y el brazo incorrupto de santa Teresa ya lo están rifando en una tómbola...

—¡Qué burro eres! Anda, pásame a Felisa.

Me despedí, llamé a Felisa y fui a la cocina a por más hielo.

Cuando Felisa soltó el teléfono llamé a Madrid, y las noticias que M. V. Vilches me tenía reservadas confirmaron mis aprensiones. Algunas gestiones estaban atascadas, se habían paralizado los incentivos fiscales y los mecenazgos, y se preveían cambios en los planes de producción. La semana anterior se había firmado por fin una muy ansiada ampliación de capital y la película contaba ahora con un productor asociado, un tal Edgardo Mardanos, que aportaba una importante y muy oportuna financiación, un nuevo impulso al proyecto y algunos retoques necesarios. El primero y más importante de esos retoques afectaba a Héctor Roldán, que había abandonado la película a causa de su radical desacuerdo con Mardanos.

—¡No me diga! —exclamé—. ¿Lo han echado?

—Ha renunciado.

—Vaya. ¿Y ahora qué va a pasar?

—Ningún problema. Sobran candidatos.

—Lo siento por él. A su edad… ¿Quién es ese Mardanos?

—Bueno, debo admitir que no es el socio que yo hubiese preferido —dijo Vilches—. Pero no había tiempo para buscar a otro, el nuevo plan de subvenciones del ministerio va para largo y urgía una refinanciación… En fin, no creo que le interesen los detalles. No pasa nada, hemos perdido un director y hemos ganado un socio, eso es todo. Lo que hay que valorar es que Edgar Mardanos es muy solvente y está muy bien relacionado. ¡Con decirle que estuvo en cincuenta cacerías con Franco!

—¡Caray!

—Y está entusiasmado con el proyecto. Nos va a proponer otro director, pero antes quiere hablar con usted. Tiene mucho interés en conocerle, probablemente le llamará en un par de días.

Le pregunté si en Vilma Films, S. A. seguía mandando él, Vilches, y, en el tono más frío e impersonal que pudo, contestó que lo único que debía interesarme era que la llegada del nuevo socio a la productora había evitado que la película y todo lo que yo había escrito hasta ahora acabara en la papelera. Añadió que Edgar Mardanos era muy conocido en los medios, había producido más de cien films y todos rentables, spaghetti-westerns, comedias picarescas, de terror y de ciencia-ficción. Estaba vinculado a una poderosa cadena televisiva a punto de irrumpir en el mercado y tenía un largo historial como autor de películas de destape que habían dado también mucho dinero, y citó algunos títulos que me pusieron los pelos de punta: *Purita en ligueros*, *Sor Guitarra*, *Striptease a la española* y *Cariño, ¿qué hace mi mejor amigo en tu cama?*

A pesar de eso, me mostré animoso.

—¡Fantástico!

—Se ha hecho lo correcto —insistió Vilches—. Todo está bajo control, su contrato sigue vigente y estamos interesados en hacer una buena película, ¿vale? Así que, mientras tanto —añadió con un tonillo de sorna—, procure enterarse un poco de cómo funciona este negocio, hombre, tómese la molestia de leer el nuevo decreto ley del cine, por ejemplo, y entenderá los equilibrios que hay que hacer… En fin, le tendré al corriente.

Antes de colgar me recordó nuevamente la naturaleza del encargo de Vilma Films, S. A. Se me había pedido un primer tratamiento de guión, no un guión, así que todo aquello que yo considerara contingente, por ejemplo que la víctima hubiese sido o no confidente de la policía, puta por vocación y no por necesidad, o delatora de su propio marido, o que el asesino actuara movido por un complejo de mil leches y culpabilizando de ello a su madre, no debía en ningún caso primar sobre lo negligente, lo meramente azaroso o inexplicable que derivó en crimen pasional, es decir, que haría bien en refrenar la imaginación y atenerme a los hechos.

Le dije que bueno, que vale.

Tres días después recibí una llamada de Edgardo Mardanos desde su casa en la madrileña colonia de El Viso. En un tono invariablemente optimista y cantarín me hizo saber que tenía muchas ganas de conocerme, que el primer tratamiento del guión pintaba muy bien y que pensaba venir a Barcelona lo antes posible para cambiar impresiones.

Tenía una voz tintineante, metálica, que persistía en el oído mucho después de haberse apagado en el auricular. Me hizo saber que Roldán se había ido de la película generosa-

mente indemnizado, es decir, más contento que unas casta-
ñuelas, y que en Vilma Films estaban barajando diversos
nombres para sustituirle.

—Sea quien sea, convendría saberlo ya —respondí—.
Roldán me dijo que él no quería argumento, pero quién sabe
si el nuevo director...

—Claro, claro —me cortó—. Sé muy bien lo que no
quería el bueno de Héctor. Digamos que él no quería filmar
la asfixia de una prostituta, sino la asfixia moral y política de
aquella España, ¡nada menos! Bien, olvídese del estricto docudrama que proponía Roldán. Le tengo mucho respeto a
Héctor, ¿eh?, que conste, pero ese empeño suyo por meter la
película entera en una frase brillante..., no sé, convendrá
conmigo que es algo que solo está al alcance de los genios.
En fin, tiene usted razón, ahora habrá que aunar criterios.
¡Pero vamos por buen camino, estoy seguro!

Acerca del tratamiento añadió que lo leído hasta ahora le
había causado una excelente impresión, incluido algún personaje secundario al que veía con muchas posibilidades para
reforzar la historia central.

—Por ejemplo, esa Encarnita. —Y en un tono decididamente eufórico—: ¡Menudo filón tiene usted ahí! ¡Una profesional del sexo invidente!

—¿Se refiere a la puta ciega?

—¡Claro! ¡Esa pobre chica que sueña con un perro guía!

—¿Usted cree...?

—Desde luego. ¡Es un auténtico hallazgo! Debería darle más cuerda al personaje. En serio, es fabuloso. ¡Una puta ciega!

—Según Sicart, era un poco cegata, solo eso. Tenía glaucoma y había perdido un veinte por ciento de visión, pero no estaba totalmente ciega...

—Pues debería. Ciega del todo. ¿Sabe una cosa? Es una figura inédita en el cine, de una originalidad incuestionable. Uno se la imagina metida en faena, haciéndotelo a ciegas... Es decir, trabajando al tacto. ¡El morbo está servido, ¿es que no lo ve?! Y una buena actriz haría maravillas con ese personaje. ¿Cómo no se ha dado usted cuenta? ¡Dele más papel al personaje, lo está pidiendo a gritos! La película puede ser un bombazo. ¿Quién no querría ver en acción a una trabajadora sexual ciega?

Se me ocurrió que el productor asociado ya estaba pensando en la promoción de la película, en la estrategia publicitaria, y por eso prefería referirse a Encarnita como trabajadora sexual o como profesional del sexo, no como puta.

—Perdone, pero no cuela —objeté—. Que yo sepa, jamás hubo en ninguna parte del mundo una puta ciega. No cuela, seguro.

—Usted puede hacer que cuele. Usted es un gran escritor.

—No lo soy. Y aunque lo fuera, no podría hacer creíble lo que no lo es.

—¡Hombre, no me diga! Con un poco de talento se resuelve eso.

Tenía razón. Bastaba una actriz adecuada, diálogos picantones y un director sin escrúpulos. Que transmitiera verdad o no, ¿a quién diablos le importaba? Añadió que no hacía falta que el personaje aportara a la película nada relevante o decisivo, bastaría que se le viera actuar, bregando con su discapacidad visual en algunas escenas que sin duda serían muy celebradas y comentadas, si se rodaban con tacto y buen gusto, por supuesto, sin pasarnos. Su instinto le decía que estaba ante algo original, divertido y conmovedor, la fórmula infalible del éxito. Es decir, veía a Encarnita como uno de esos personajes secundarios que acaban robando las mejores escenas al protagonista.

—Y eso de que no sería creíble por inverosímil… —entonó con la voz llena de resonancias metálicas—. Mire, le voy a contar algo divertido. ¿Recuerda *¡Qué bello es vivir!* de Frank Capra? Bueno, pues ahí tiene una buena película llena de cosas increíbles. Y la más increíble no es ese anciano ángel de la guarda que tiene que ganarse sus alas con una buena acción, no, señor; la más increíble es que el protagonista… ¡se sienta atraído por Donna Reed teniendo tan cerca a Gloria Grahame! ¡Ja, ja, ja!

—¿Es un chiste?

—¡No lo sé, pero es real como la vida misma! ¡Ja, ja, ja! —Enseguida se calmó—. En fin, hablaremos de esa putilla ciega más detenidamente, pero le aconsejo que la tenga muy en cuenta. Y ahora que lo pienso… ¡Hombre, si tenemos a la actriz perfecta para el papel! Siempre y cuando le dé usted al personaje una mayor relevancia, se entiende. Se trata de una joven actriz que promete y que necesita un empujón. Precisamente ahora mismo está actuando en un teatro de Barcelona, podría usted ir a verla…

Me excusé de inmediato, alegando que, con gran pena, me había visto obligado a renunciar al teatro debido a una incipiente sordera que me impedía disfrutar de los diálogos, incluso ocupando asiento en primera fila, lo cual no era totalmente falso. Pero Edgardo Mardanos tenía mucho interés en que la conociera y dijo que hablaría con ella y que estaría encantada de visitarme, si yo no tenía inconveniente. Añadió que la joven actriz se llamaba Elsa Loris y tenía un gran futuro por delante…

Le dije que bueno y seguí mostrándome animoso. Nos despedimos intercambiando los mejores deseos, colgué el teléfono y no tardé ni cinco minutos en olvidarme del asunto.

27. CALLE CINE DELICIAS,1949. EXTERIOR. DÍA. Difusa luz de atardecer.

Movimiento errático de la cámara a nivel del empedrado siguiendo el reguero de agua sucia que corre junto al bordillo de la acera hacia la boca de una cloaca donde se desliza la cola de una rata, luego hacia los pies de un muchacho que camina, y, finalmente, con evidentes dificultades para fijar el encuadre, hacia la satinada silueta de *Gilda* que se yergue en la fachada del cine Delicias al fondo de la calle.

(Se trataría de una metáfora visual sobre las dificultades de aplicar el foco al tema central: los pies del muchacho pugnan por salir fuera de campo, calzan botas maltrechas y lucen derrengados calcetines sobre los tobillos. Un chico con chubasquero corre tras él y le rodea los hombros con el brazo. Simulan un intercambio de puñetazos, se ríen. Son los chavales de la secuencia 5 dos años después.)

MUCHACHO 2: ¿Qué te juegas que esta vez pasamos? Ya no somos pequeños, tienen que dejarnos pasar.

MUCHACHO 1: ¿Pero qué dices, nano? ¿Es que no has visto el letrero? Película prohibida a menores de edad. ¡Pero el letrero nos lo pasamos por el culo!

MUCHACHO 2: Yo quiero el programa de mano. ¿Tú no? Se lo pedimos a la taquillera y luego nos colamos.

En la acera de la derecha, según se baja, hay grietas donde asoman crestas de hierba de un verde intenso. A la izquierda, en la esquina de la calle Sant Lluís, dos hombres con boina y zapatillas caseras salen de una taberna tambaleándose, borrachos, abrazados por los hombros caminan zigzagueando, se paran y se vuelven, retroceden, se reorientan y finalmente se dejan llevar por sus propios bandazos y sus reiterados traspiés y enfilan la calle que parece abandonada bajo la llovizna hacia la Travessera de Gràcia y la fachada amarillenta del cine Delicias, que emerge con sus toscos cartelones entre la bruma gris como un mascarón de vivos colores. A la izquierda del cine, más allá de la entrada a los Baños Populares y al Club Natación Cataluña, el bar de la esquina se ilumina.

Corte al interior del bar, Ramón Mir está sentado en una mesa del fondo frente a una ración de patatas bravas y un vaso de vino. Se afloja el correaje y se queda pensando con la mirada perdida mientras se hurga persistentemente los dientes con un palillo. Un limpiabotas se arrodilla a sus pies para cepillarle los zapatos.

Corte a los dos muchachos parados en la acera frente al cartel que anuncia *Gilda*, admirando las caderas satinadas, los guantes hasta medio brazo y la dorada cabellera de la estrella envuelta en el humo ensortijado del cigarrillo. Sus miradas se desplazan por la fachada hasta fijarse en el tragaluz de la cabina de proyección, donde asoma el hermoso rostro de una mujer con un cigarrillo en los labios. Es Carol, despeinada, con ojos soñolientos y una efusión de carmín rebasando su boca. Agita la melena, saca los brazos desnudos y parece tantear el aire con las manos.

Clavados en la acera, los chicos intercambian miradas expectantes. Carol les arroja recortes de fotogramas que habrá cogido del suelo de la cabina, y los dos chavales se empujan y disputan por pillarlos en el aire. El muchacho 1 pilla un recorte y mira las imágenes a contraluz.

MUCHACHO 2: ¿Es ella? A ver… ¿Enseña algo…?

Corte a Carol asomada al tragaluz y sosteniendo en las manos una jaula con un periquito que agita las alas frenéticamente. Abre la jaula y el pájaro echa a volar bajo el cielo encapotado. Mientras lo sigue con la vista, Carol deja caer la jaula, que se estrella en la acera frente a la entrada del cine, cerca de los dos chicos que miran la ristra de fotogramas.

Carol permanece asomada al tragaluz, fumando, respirando el aire húmedo de la calle con los ojos cerrados y una gran placidez en el semblante. De vez en cuando su boca derramada de carmín suelta rosquillas de humo que la llovizna deshace en el acto. Tira el cigarrillo, mira con tristeza fugaz a los dos niños que abajo en la acera se disputan los fotogramas, agita la cabellera y se retira del tragaluz.

Corte a la taquilla del cine, en cuyo interior la taquillera, cabizbaja, hace labor de punto. Ve acercarse a los dos chicos, suspira, sigue haciendo calceta y dice en tono aburrido:

TAQUILLERA: No podéis entrar. No es apta para menores.

MUCHACHO 2: Ya lo sabemos, señora Anita. Solo queremos programas.

TAQUILLERA: Se me han acabado. Os puedo dar el de la semana que viene.

MUCHACHO 2: No, queremos el de esta semana. Es para mi prima Rosita, que hace colección, ¿sabe?

TAQUILLERA (*sonríe*): Ya, ya. Pero bueno, ¿no os da vergüenza? ¿Qué cosas esperáis ver en la película? ¡Ay, Señor,

Señor! Y tú, Lucas, que parecías tan buen chico. ¿Quieres que se entere tu madre?

MUCHACHO 1: Mi madre dice que nunca hubo una mujer como Gilda... Deme un programa, por favor.

TAQUILLERA: No me quedan, ya te lo he dicho. Marchaos a casa, venga, que va a llover.

MUCHACHO 1: ¡Mierda! (*Empuja a su amigo.*) ¡Vámonos!

Se apartan de la taquilla y se quedan vigilando la entrada a la platea, donde cuelga una gran cortina roja. Sentado en una silla, cabizbajo, el portero está charlando con Ramón Mir, que acaba de llegar y le escucha de pie, con aire aburrido y escarbándose los dientes con el palillo.

MUCHACHO 2: ¿Qué hacemos, tú? ¿Nos colamos?

MUCHACHO 1: Ahora no. ¿No ves al guripa de las pupurrutas imperiales en la puerta? Cuando se largue y el portero se ponga a leer el periódico, será el momento...

11

Acababa de comer en la cocina y Felisa se disponía a servir el café cuando Sicart llegó inesperadamente. Se excusó por presentarse antes de hora, tenía una cita con el dentista a las cinco y media. Le dolía una muela y se había tomado un Optalidón, que le hacía un efecto extraño, según dijo.

—Hay momentos en que creo que se me va la olla. Viniendo para acá me he tenido que parar, no sabía en qué calle estaba...

—¿Se ha perdido? —preguntó Felisa.

—¡No, qué va! Me distraje, nada más que eso.

Le dije que se sentara a la mesa y Felisa le ofreció un café.

—¿Podría ser con hielo? —Y en tono de guasa, añadió—: Si no es mucha molestia para usted, señora Eloíiisa...

Felisa lo miró por encima del hombro.

—¿Hielo? ¡Ni hablar! ¿Quiere usted despertar la muela dormida, insensato?

—Vale, vale, no he dicho nada.

—Y mucho cuidado con el azúcar. Solo una pizca.

—Solo una pizca, de acuerdo, sí, señora —dijo guiñándome el ojo.

Se le veía animoso y con ganas de bromear. Sacó del bolsillo un rudimentario abanico con un dibujo colorista, que de momento no reconocí. Me dedicó una sonrisa socarrona y empezó a abanicarse. Felisa echó media cucharadita escasa de azúcar en su taza y acto seguido apartó la azucarera de su alcance. Estaba actuando. Yendo y viniendo del lavaplatos a nosotros, mientras retiraba la mesa, su lánguida mirada de pez se detenía para escrutar desdeñosamente el dibujo del abanico: la cara de un payaso sacando la lengua.

Con media sonrisa y abanicándose, Sicart me miró:

—Un poco de cachondeo nunca viene mal, ¿no le parece?

Por primera vez le vi sintiéndose a sus anchas. Evidentemente el ambiente informal de la cocina, el parloteo de Felisa y sus ocurrencias, las confianzas que la criada se permitía conmigo y el mismo trato desinhibido que le dispensaba a él, relajaban su ánimo y le predisponían a la confidencia, por lo que pensé que la cocina podría ser el lugar idóneo para hablar del crimen y sus pormenores, por muy sórdidos que estos fueran.

—¿Le apetece una copa, Sicart?

—Ahora no, gracias.

—Anoche revisé lo que publicó la prensa acerca del suceso. ¡No vea la de bobadas que se escribían en aquel entonces por culpa de la censura! Resulta que Carolina Bruil no era una puta, ni siquiera una fulana. Era una mujer de la vida, una mujer de dudosa moral, un mujer de costumbres relajadas, una meretriz, una entretenida. Aunque eso, lo de entretenida, por lo general lo reservaban a las muy cotizadas y distinguidas putas de los industriales ricos con palco en el Liceo. En fin, que ningún periódico se libraba de la censura. ¡Y cómo describían el suceso, lo que suponían que pasó en la cabina! ¿Lo leyó? Usted no estaría de acuerdo, claro…

Esperé a ver si se arrancaba, pero no. Al poco rato lo intenté de nuevo.

—También he leído que aquel día llovió mucho. ¿Lo recuerda?

—Ah, creo que sí. —Cerró los ojos y añadió—: Sí, porque cuando la vi en el suelo, con la película en el cuello y la gabardina abierta, me puse el chubasquero… La de veces que me he preguntado por qué hostias me puse el chubasquero, allí dentro. Supongo que pensaba irme a la calle, escapar, pero no hice nada de eso… Dicen que me senté en la platea, en la última fila, y que no me moví hasta que vino la policía, pero yo no me acuerdo.

—Bueno, en aquel momento usted no era dueño de sus actos.

—¿No? Pues antes de largarme de allí corregí el enfoque. Había oído el pataleo y los silbidos de la platea y decidí ajustarlo antes de salir, así que no debía estar tan ido.

—Entiendo. Luego, cuando usted ya llevaba un rato sentado en el patio de butacas, se cortó la película otra vez, ¿no es cierto? Y en la cabina no había nadie, solo Carol, y estaba muerta... ¿Recuerda cómo iba vestida?

—Llevaba una boina gris. Aún no había llegado mi nuevo ayudante... Íbamos por el tercer rollo, si no me equivoco.

—¿Le parece que hablemos de eso ahora?

—¿Ahora? Pues... creo que no. —Se ajustó las gafas sobre la nariz, agitó la taza de café con gesto enérgico, casi violento, y añadió, sin reparar en la incongruencia—: No. Hoy hace un buen día.

Apuró el café. Otro silencio. Opté por dar un rodeo y en un tono más distendido:

—Qué buenos programas se podían ver en los cines de barrio, ¿verdad? Por cierto, la película que ponía el Delicias aquel día fue de las que hacen época. Usted quizá lo ha olvidado...

—Cómo iba a olvidarlo. Era *Gilda*. La que no recuerdo es la otra, la de relleno, seguramente española. Me suena un título, *Flor en la sombra*, pero no sé...

—*Gilda* ya se había programado en ese cine mucho antes, más o menos cuando usted recibió a Carol por primera vez.

—Sí, es verdad.

—Qué raro, ¿no? ¿Año y medio después aún estaba en cartel?

—No, hombre —concedió Sicart, paciente—. Era una reposición. La repusieron muchas veces. *Gilda* fue un gran éxito, todo el mundo hablaba de ella. Mire, esta peli me la sé bastante, me gustó. Y me acuerdo de una escena porque... —Me miró, abanicándose con aire pensativo—. ¿La ha visto? Pasa en un cabaret, la gente la aplaude después de oírla cantar y ella está muy alegre y despendolada, un poco borracha, hace por bajarse la cremallera del vestido y pide a un voluntario que la ayude... Y justo en ese momento se me quema la imagen. Todavía oigo los silbidos en la platea... Pero no fue culpa mía. Los cabrones de distribuidores mandaban a los cines de barrio copias machacadas y en mal estado para seguir explotándolas, era lo normal, a veces venían con tantos empalmes que algunas se caían a pedazos, y uno tenía que apañárselas como podía... Lo arreglé enseguida, pero tuve que cortar un buen trozo.

—¿Eso ocurrió en la primera programación o en la segunda, dos años después?

—En la reposición, seguro. La película estaba hecha unos zorros.

El lavaplatos soltaba un ruido de chatarra y al final se paró. Felisa le dio una patada y lo puso en marcha, después de lo cual, secándose las manos en el mandil con un vigor excesivo, como decidida a rematar la faena, fuera esta la que fuere, se dirigió a Sicart.

—¿A que no sabe usted lo que se decía de esta peli? Porque se habló mucho de *Gilda*, es verdad, yo todavía me acuerdo, y fue por algo que usted seguramente también ha olvidado, como tantas otras cosas.

Sicart estaba entre confuso y expectante.

—Pero si yo no... ¿A qué se refiere?

Felisa recostó la cadera en el fregadero y sacó un cigarrillo del paquete que llevaba en el bolsillo del mandil. Mientras lo encendía, solicitó mi permiso mediante una mirada fugaz y risueña.

—¿Puedo contarles una bonita historia? —entonó, parapetada detrás de una densa y muy trabajada espiral de humo—. Porque tengo la impresión de que no se han enterado de lo que pasaba en este país... Verán, con aquella censura que había, cuando ibas al cine, y la película era extranjera y un poco así, digamos atrevida, no podías dejar de sospechar que habían metido mano cortando algún revolcón, o besos pasados de rosca, y por eso muchas veces la gente imaginaba lo que no había... Corrían bulos sobre estrellas de cine desnudas que en realidad nadie había visto desnudas, escenas subiditas de tono supuestamente suprimidas por la censura, cuando la verdad es que nunca existieron... —Sonriendo, nos dedicó a los dos una lánguida mirada de conmiseración—. ¡Ay, aquellos pobres españolitos de la posguerra, que se morían de ganas de ver *pit i cuixa*, que dicen los catalanes! Tanto fue así, que el imaginario colectivo se puso en marcha, y el bulo más divertido se lo llevó esta película. Se decía que la censura había cortado una escena en la que Rita Hayworth se desnudaba de arriba abajo, completamente. Que hacía un *striptease*, vaya. Seguro que lo recuerdan, empieza quitándose un guante mientras canta.

Sicart carraspeó.

—Ah, claro que me acuerdo. Eran fantasías de cachondos, señora Felisa. No faltaban tontos dispuestos a creérselo, es verdad, pero no había nada de eso en la película. No se desnudaba. Si lo sabré yo.

—Claro, claro —repuso ella—. Pero lo que usted parece no saber, señor Sicart, es que en esta película hay otra escena en la que la chica sí se desnuda.

Vaya, pensé, de modo que nuestra imbatible Felisa también tiene su versión particular del célebre equívoco. Me quedaba algún recuerdo de aquel cansino rumor que circuló por el barrio en el remoto verano de mis quince años, con la película recién estrenada en el cine Coliseum y los mayores hablando de ella en el bar Comolada y en la barbería Frías. Ahora, en boca de Felisa, el viejo litigio podía ser simplemente otra de sus trapacerías cinéfilas, pero fuera lo que fuese estaba despertando la memoria dormida de Sicart, así que permití que siguiera entrometiéndose con su puñetera erudición, incluso la estimulé:

—Al parecer, la buena de Felisa nos tiene reservada alguna sorpresa —anuncié a Sicart—. Y juraría que me lo sé. Se trata de aquello que decía la gente: que la ristra de fotogramas que rodeaba el cuello de la pobre Carolina Bruil, cuando la encontraron muerta, contenía ese *striptease* de Gilda del que todo el mundo hablaba pero nadie pudo ver porque la censura mandó que se cortara...

—¿Eso decían? —inquirió Sicart, con una mueca incrédula y a punto de soltar una risotada—. ¡Hostia, usted perdone, pero hay que ser bastante gilipollas para creer que la censura de películas la hacíamos nosotros en la cabina de proyección cortando un trozo por aquí y un trozo por allá...!

El lavaplatos empezó a estornudar, se paró unos segundos y volvió a ponerse en marcha.

—Yo nunca he dicho tal cosa —alegó Felisa—. Lo que digo es que en la película había un desnudo y fue eliminado, y que ese desnudo no tenía lugar en el casino, como creía la gente, sino en una playa y de noche...

—¡Arrea! —exclamó Sicart sin dejar de abanicarse—. ¡Esto se complica!

—No fastidie, Felisa, por favor —intervine, conciliador y provocador al mismo tiempo—. ¿Quiere hacernos creer que hace cuarenta años la gente era tan boba como para tragarse ese cuento chino del *striptease*...?

—Y otros muchos, todavía más gordos, sí, señor. No sé de qué se extraña. —El lavaplatos volvió a estornudar—. Tienen que venir a arreglarlo.

—Mire lo que le digo, señora Clarisa —entonó Sicart—.

Mi memoria flojea, de acuerdo, pero me juego un huevo y parte del otro que en esta película no se ve ninguna playa.

—No, claro. Porque fue suprimida.

Y es que estaba clarísimo, añadió Felisa, hasta el espectador más zoquete y distraído pudo darse cuenta de que le birlaban la escena, porque ya era la segunda vez que la chica confesaba haber ido a la playa a nadar, de noche, explicándolo de manera sugerente, muy incitante, muy sexy. Y evocó el momento:

—Es cuando coquetea en el casino, de madrugada, sentada en una mesa de juego con su guitarra. Ha estado ensayando una canción y aparece el chico y le pregunta qué hace allí a estas horas, de dónde viene, y ella contesta: «vengo de nadar», y él no se lo cree y le dice ¿ah, sí? ¿Y el traje de baño?, y entonces ella, sonriendo con mucha picardía le dice: «Debajo del vestido, ¿quieres verlo?», y hace como que se va a subir la falda...

—Y qué —cortó Sicart, expectante a su pesar, divertido.

—¡Pues, señor mío, más claro no puede estar! —insistió Felisa—. ¡Esa era la verdadera escena del destape que nunca vimos porque la censura se la cargó! ¡Pero usted no podía saberlo, señor Sicart, aunque estaba a cargo de la proyección, porque el corte se hizo en instancias más altas!

Sicart me miró estupefacto. Se quitó las gafas y empezó a limpiarlas, un poco crispado. El estruendo del lavaplatos, en un extremo de la cocina, aumentaba. Puse la mano en el hombro de Sicart, con gesto conciliador.

—Felisa quiere decir que esa escena no estaba en la película que rodeaba en el cuello de la desdichada Carol porque la censura ya se la había cargado, pero antes de distribuir la película.

—Pues verá —dijo Sicart entre dientes—, ahora mismo no sabría decirle lo que había en aquellos fotogramas sobrantes, si una playa o pollas en vinagre, pero juraría que ninguna tía en pelotas. Se me quemó, y antes de pegarla con acetona y meterla en la empalmadora tuve que cortar bastante, algo que no solía pasarme, que conste... Recuerdo que estaba el sobrante allí tirado en el suelo y ella lo cogió, dijo mira qué tirabuzón más bonito has hecho, y se lo puso en el cuello, riéndose, como si fuera un collar... —Calló de pronto y meneó la cabeza: no quería seguir por ahí—. Joder, todo esto es muy raro. Además, no puede ser, ese trozo de película no debía medir ni un metro... ¿Sabe cuántos metros de fotogramas harían falta para una escena como la que dice?

Felisa puso cara de póquer y dedicó su atención al traqueteo cada vez más acelerado del lavaplatos.

—Este cacharro hace un ruido de mil demonios, Felisa —dije—. ¿No tenían que venir a arreglarlo?

—Mañana sin falta —respondió. Y dirigiéndose a Sicart—: Tiene razón, señor Sicart, hay en todo eso algo que no pita... —Levantó el dedo índice y añadió—: Pero anímese, hombre. ¿A que no sabe usted por qué los chinos no se sirven de este dedo?

—¿A mí me lo pregunta? Yo soy músico…

—Porque es el mío. Je, je, je. Hoy no está muy fino, señor Sicart…

—Ya vale, Felisa —la interrumpí suavemente. Palmeé la espalda de Sicart y me levanté de la mesa—. ¿De verdad no quiere tomar nada?

—Oigan —Felisa de nuevo—, ¿quieren ganarse un dinerito fácil en un plis plas?

—No, ni hablar de eso —repuse—. Además, no hay tiempo, el señor Sicart tiene que ir al dentista. Trabajaremos un rato en la terraza, así que tráigame un whisky con agua, haga el favor.

—Ahora mismo. —Apagó el cigarrillo en el fregadero y tomó aire—. Pero escuchen los dos con atención. Estamos en la montaña. Un cazador apunta con su rifle a un ciervo. El ciervo le mira y espera. El cazador dispara al aire y le dice al ciervo: ¿De acuerdo? —Hizo una pausa, dejando caer el párpado lentamente y con delectación sobre su pupila burlona—. Y bien, ¿quién es el cazador que le perdona la vida al ciervo? Un durito si me lo dice, señor Sicart. Si no acierta, aceptaré su modesta aportación a mis menguados ahorros…

Sicart también se había levantado.

—¡No tengo ni repajolera idea! —exclamó. Me miró, entre confuso y divertido—. ¿Y usted?

—Yo tampoco. —Le cogí del brazo y salimos de la cocina—. Y le voy a dar un consejo de amigo. No se le ocurra apostar ni un céntimo con esta mujer si no quiere verse desplumado…

—Vaya un aguafiestas —dijo Felisa, dándonos la espalda para atender al renqueante lavaplatos—. No está bien difamarme así, no, señor, no está bien. Y ahora hagan el favor de salir, tengo que ordenar todo eso.

12

A mediados de julio disponía ya de suficiente información acerca de víctima y verdugo en los días previos al crimen, pero no veía qué interés podía ofrecer el relato pormenorizado de lo que hacen dos personas bregando en lo suyo de forma tan previsible y desabrida: Carolina Bruil alternando con los clientes habituales del Panam's tarde y noche, o cumpliendo algún servicio extra previamente concertado por Mir para complacer a algunos compinches, oscuros funcionarios de comisarías o del Gobierno Civil; bebiendo más de la cuenta y fatalmente resignada a la rutina sexual, a la molicie y a la soledad, despertando cada día abrazada a su amargura sin remedio y a su botella en una pensión barata de la calle Verdi, adonde el falangista solía acudir al mediodía a sacarla de la cama; y Fermín Sicart, por su parte, apechugando en la cabina del cine Delicias con un horario laboral parecido al de ella, de cuatro de la tarde a doce de la noche, por la mañana ayudando a su madre en la compra o en las tareas del oscuro pisito de la calle San Ramón, los fines de semana jugando al subastado con tres convecinos en la trastienda de un negocio de profilácticos y lavajes cerca de casa, o deambulando por las tabernas y prostíbulos del barrio, donde siempre era bien recibido, moviéndose entre el desamparo familiar y la cercanía y los cuidados a su viejo compañero Liberto Augé, cuya antigua relación con la madre de Sicart me interesaba muy especialmente.

—A propósito de su madre y de Augé, tengo un par de preguntas.

Acabábamos de sentarnos en la terraza y puse la grabadora en marcha. Sicart se levantó con la silla pegada al culo y se retiró un poco para evitar el sol en la cara, y yo corregí la posición del parasol para asegurarle la sombra. En nuestra última sesión había observado que al surgir el señor Augé en la conversación, algo pasaba en su voz, variaba el tono, sonaba insegura.

—Ante todo, ¿cómo es que un libertario como Augé, un anarquista de la Columna Durruti, nada menos, permitía que usted le llamara señor? ¿Su madre también lo trataba de señor?

Se quitó las gafas, las prendió en la botonadura de la camisa y sacó la pitillera del bolsillo. Se tomó unos segundos antes de contestar, con la pitillera en las manos y como si leyera algo en la tapa.

—Es que yo le tenía respeto... Y a mi madre siempre la traté de usted.

—Había mucha amistad entre Augé y su madre, ¿no es cierto?

—Sí, no, bueno, depende... No sé, hace ya la tira de años. Sí, él quería ayudarla... —Daba vueltas a la pitillera en sus manos, mientras buscaba las palabras—. Nos ayudó en una época muy jodida, y después ella se lo pagó muy mal. Yo al viejo le tenía un respeto, es lo único que puedo decir. Me hablaba de la lucha sindical, de sus amigos en el gremio, quería que me dejara de putas y me apuntara al sindicato, decía que los trabajadores teníamos que ganarnos la libertad, el futuro y la dignidad, toda esa monserga. A mí todo eso me la traía floja y a veces discutíamos, pero nunca le falté el respeto... De política yo no quería saber nada, aunque en alguna ocasión le eché una mano con los recados, porque le veía enfermo, y porque era mi compañero en el trabajo. Entre rollo y rollo me daba a leer *Solidaridad Obrera*. Me explicó que las letras UHP querían decir Uníos Hermanos Proletarios, y aún recuerdo un aviso que aparecía siempre en el diario: «De una indiscreción a una confidencia la distancia es mínima, cerrar el paso al provocador es nuestro deber». La verdad es que todo eso me importaba un pimiento, pero ya le digo, yo siempre supe respetar a la gente mayor. Sobre todo al señor Augé, que me enseñó el oficio. Fui su aprendiz.

—Ya. ¿Desde cuándo se trataban él y su madre?

—Pues no sé... Solía venir por casa. —Sacó un cigarrillo de la pitillera y lo miró como si no supiera qué hacer con él—. Yo entonces era un golfo sin oficio ni beneficio, un gamberro y un putero, y el señor Augé me sacó de la calle. Él me educó, y me recomendó para ciclista. Fue mi primer trabajo... —Con una chispa alegre en los ojos, añadió—: Iba en la bici pedaleando a toda leche, de un cine a otro, con las películas en una saca.

Hizo una pausa para encender el cigarrillo y prosiguió, ya bien instalado en un recuerdo que sin duda le era grato. Dejaba entrever cierto orgullo al hablar de su aprendizaje al lado del señor Augé. Contó que a los quince años había empezado a trabajar para una empresa que tenía varios cines que proyectaban la misma película, pero en horarios distintos; como solo disponían de una copia, cuando en un cine se había terminado el primer rollo y se proyectaba ya el segundo, el primero lo llevaba él pedaleando en su bici hasta el otro cine, y lo mismo hacía con los demás rollos. Llevaba las latas en una saca a la espalda. El operador jefe del cine Padró era el señor Augé, muy considerado dentro del gremio, ganaba trescientas cincuenta pesetas a la semana, y él aprendió el oficio a su lado, viéndole trabajar.

—Entiendo. —Consulté mis notas—. Veamos. Usted nació el 3 de enero de 1920. En el barrio chino de Barcelona.

—Sí.

—Hijo de madre soltera.

Sicart tanteó las gafas de sol prendidas en la botonadura de la camisa, las limpió con el pañuelo, se las puso y me miró.

Juraría que pensaba: «Sé por dónde vas». Pero lo que dijo fue:

—Sí, señor.

—No es un dato relevante, por supuesto, pero podría sernos útil con vistas al guión. Parece que su madre, Margarita Sicart, fue muy popular en el barrio. La llamaban… —Me enfrasqué de nuevo en las notas—. Bueno, tenía un apodo gracioso, aunque supongo que a usted no le haría gracia…

Sicart cabeceó con aire resignado. Volvió a quitarse las gafas y dijo:

—Rita «la Sorbitos». —Su cara gesticuló al añadir—: Y me importaba tres cojones, ¿sabe?

—Ya. ¿A qué se debía el apodo?

—Ni idea. Le gustaba beber horchata con una pajilla… Sería por eso.

La línea de sombra había subido por su cara y el sol le hería los ojos, pero no los protegió con las gafas. Me levanté para corregir la posición del parasol y su rostro recuperó la sombra y aquella funesta impasibilidad que le otorgaba haber asumido un pasado siniestro.

—Parece que de chaval usted se pegaba con todo Dios —le dije—. Sobre todo con los que se referían a su madre con ese apodo…

—No, qué va, no era por eso. Yo es que siempre me metía en follones.

—Comprendo. ¿Qué puede decirme de su padre?

—Nada. En eso sí que estoy pez.

—¿Quiere decir que no sabe quién era?

—No.

—¿Su madre nunca le habló de él?

—No, nunca quiso contarme nada...

Se contuvo al ver acercarse a Felisa. Venía con la cerveza, un platillo con almendras saladas y un whisky casi todo agua para mí. Después de servirnos con una lentitud descarada, se quedó allí de pie junto al parasol con las manos cruzadas delante del mandil, mirándonos.

—¿Necesitan algo más? —dijo por fin.

—Nada, Felisa. Gracias.

Anduvo merodeando cerca, alrededor del arbolillo de las trompetas, expurgando las flores mustias con la mano enguantada. De pronto no había sol. La tarde se iba ensombreciendo de nubes y desplomando.

Sicart se frotó los ojos, como aturdido.

—Ahora no sé qué estaba diciendo...

—No importa —le dije—. Veamos. Cuando su último encuentro con Carolina Bruil, el día de los hechos, usted aún vivía con su madre, en el barrio chino. Entonces su madre todavía era joven, cuarenta años...

—Cuarenta y tres. Siempre se quitaba tres.

—¿A qué se dedicaba?

—Costurera —soltó secamente—. Cosía cualquier cosa, cogía puntos de media y todo eso, tenía buenas manos...

Pero ella no tuvo nada que ver en el asunto de Carol. Murió estando yo en la cárcel.

Parecía contrariado por la deriva del interrogatorio. Volví a consultar mis notas para añadir:

—La instrucción del caso recoge el testimonio de una vieja amiga de su madre, una tal Rosita Márquez, que había regentado un prostíbulo en la calle Robador, y que declaró a favor de usted. Dice que su madre, de joven, a los veinte años, hacía labores de limpieza en ese burdel, y que...

—No sé nada de eso —cortó rápidamente Sicart mientras apagaba la colilla en el cenicero con excesiva energía—. Mire, este es un asunto que me toca bastante las narices, por no decir otra cosa. Porque es que no era una casa de putas, no señor, nada de eso, era un taller o escuela de corte y confección, y mi madre estaba allí aprendiendo a coser... Se llamaba El Recreo, y de ahí la confusión.

—Comprendo.

No insistí, no hacía falta aclarar ninguna confusión. El Recreo había sido en tiempos uno de los tres prostíbulos más populares y tronados de la calle Robador —los otros dos eran El Jardín y La Maña, si no recuerdo mal—, y el burdo repintado con el que Sicart me lo presentaba ahora, creyendo sin duda que el nombre me resultaría totalmente extraño, no hacía sino confirmar lo que ya había visto apuntado en la instrucción: a los veinte años Margarita Sicart estuvo empleada en un burdel del barrio chino para labores de limpieza y, ocasionalmente, de costura. En esa época conoció a Liberto Augé, que vivía realquilado en el piso de enfrente y trabajaba de ayudante de un fotógrafo retratista de la Rambla, al tiempo que iniciaba un cursillo de proyeccionista. Con trece años, Sicart era recadero de un boticario de la calle Hospital y vendía por su cuenta cosméticos, cremas y potingues a las putas del barrio. Andaba callejeando todo el día y metido en follones, hasta que dos años después el señor Augé le proporcionó su primer empleo. La sección de operadores de cabina ya estaba entonces en manos de la CNT y había establecido con el gremio de exhibición las plantillas y el sueldo de los operadores, gracias sobre todo a la batalladora gestión sindical del propio Augé y sus compañeros.

—Poco después de la guerra, cuando el señor Augé ya era operador jefe del cine Padró —repitió Sicart—, me recomendó a la empresa y empecé a trabajar de ciclista. Tenía quince años. Me dieron una bici y trasladaba las sacas con las películas de un cine a otro. Además del cine Padró, la empresa tenía el cine Bohemia, y los dos cines proyectaban la misma copia, pero en distintos horarios; cuando en el Padró ya habían pasado los dos primeros rollos, yo los llevaba al cine Bohemia pedaleando en mi bici a toda leche, y después había que llevar los demás rollos y sin retrasarme ni un minuto, era un trabajo jodido cuando llovía, y muy comprometido, de mucha responsabilidad... No estaba mal pagado, pero el señor Augé decía que el ciclista merecía la categoría de ayudante de cabina, y en los ratos libres me enseñó el oficio. La verdad es que aquel hombre se portó conmigo como un verdadero padre.

—Según declaró usted, el señor Augé fue un buen amigo de su madre. ¿O fue algo más que eso?

—Bueno, yo creo que él la quería… a su manera. Venía mucho por casa. —Se quedó pensando un rato y añadió—: Ojalá hubiese habido algo más entre ellos, porque, ¿sabe?, era un buen hombre, un tío legal. Pero mi madre ni caso, ni le escuchaba, era muy cabezona. Pasaba de él un huevo, se reía de sus consejos, lo abroncaba. Y un día estuvo tan cabrona con él, que el hombre no aguantó más. Eso fue lo que pasó, y fue una verdadera lástima… —Calló de repente y enseguida añadió—: No se lo va a creer. ¡Mi madre podía haber vivido mucho mejor y no quiso, se empeñó en seguir trabajando! Entonces iba a otra puñetera escuela de corte y confección y estaba arruinando su salud, haciendo horas extras de día y de noche… El señor Augé se preocupaba mucho por ella y varias veces le propuso que lo dejara. Quería recomendarla para el puesto de taquillera en un cine de su misma empresa. Un trabajo más descansado. Pero mi madre se negó en redondo, y al final lo mandó a paseo… ¿Usted lo entiende?

—¿Por qué cree que se portó tan mal con un hombre tan bueno?

Sicart respiró hondo.

—Nunca sintió por él ningún aprecio. No está bien que

yo lo diga, pero en este asunto mi madre estuvo…, bueno, como para darle de hostias. El señor Augé quería ayudarnos y ella lo despachó de mala manera. Fue el gran error de su vida. Y desde aquel día en casa todo fue de mal en peor…

Calló, mirándose el dorso de la mano como si descifrara algo.

—Entiendo. Su madre prefería seguir trabajando en… A ver… —Pasé hojas del bloc, sin hallar lo que buscaba—. Creía que lo había anotado. ¿Ha dicho usted en una academia de corte y confección?

Sicart se puso las gafas oscuras con cierta premura.

—Sí, bueno, así es como lo llamaban, me parece recordar… Academia de Corte y Confección de Madame Petit.

El primoroso nombre no aparecía en ninguno de los informes, ni en la instrucción ni en el sumario, pero me sonaba, aunque no precisamente relacionado con labores de modistería hogareña.

—Lo cierto es —prosiguió Sicart— que mi madre no quiso bajarse del burro, no quiso dejar su trabajo. Mil veces él le pidió que lo dejara, y hubo muchas broncas por ese motivo… Hasta que un día al señor Augé se le agotó la paciencia y ya no volvió a aparecer por casa.

Oí el clic de la grabadora y me dispuse a cambiar el casete. Mientras lo hacía, con el rabillo del ojo vi a Sicart dándole vueltas y más vueltas a la pitillera en las manos. Enseguida se levantó excusándose; necesitaba ir al baño. Ajustó las gafas oscuras sobre la nariz y recuperó la máscara de psicópata jubilado, impasible y distante. Empezó a cruzar la terraza muy despacio en dirección al salón y al pasar junto a Felisa, ocupada en la poda y limpieza de sus flores predilectas, unos «picos de paloma» que colgaban de un balde junto al fregadero, se paró a admirar el luminoso estallido de las flores anaranjadas con su punta roja, carnales y encendidas como una llama viva, y me vino a la memoria el día que mi asistenta las plantó bajo un turbulento cielo negro que amenazaba tormenta mientras me contaba que un amigo suyo, muy entendido en floricultura, sostenía que esa flor era un prodigio vegetal de la imaginación, una exaltación de los sueños y los deseos secretos de los hombres, y la llamaba la Flor de las Ficciones... Y recordé que el fantástico relato sobre esa exultante flor de loto, tan facultada, estuvo aquel día acompañado de un gran aparato de truenos y relámpagos, coronando con sus fulgores en el cielo una de las actuaciones más memorables de Felisa. Ahora, viendo a Sicart parado junto a la cascada de flores, mirándolas como si quisiera desentrañar el secreto de su vistoso colorido, asocié aquella insólita Flor de las Ficciones a lo que me sonaba a carnal patraña: el Corte y Confección de Madame Petit...

Felisa había interrumpido la poda y miraba a Sicart con una sonrisa afectuosa, las tijeras abiertas en la mano.

—¿Va usted a Oz, señor Sicart? —preguntó.

—¿Cómo dice...?

—Si va usted al retrete.

—Ah, sí.

—Siga el camino de las baldosas amarillas.

Sicart le dedicó una mueca entre burlona y resignada, se encogió de hombros y se adentró en la casa. Dediqué a mi asistenta una mirada preventiva, pero no le dije nada. Poco después Sicart salió y de nuevo se paró junto a ella, señalando las flores.

—¿Cómo ha dicho que se llama…? ¿La flor de Oz?

—No, señor Sicart. Pero no importa. Parece usted muy cansado.

A mí también me lo parecía, y antes de que se sentara le propuse dar por terminada la sesión. Le ofrecí una última copa, que rechazó, y tampoco quiso que lo acompañara hasta la puerta. Me tendió la mano y dijo con la voz extrañamente apagada:

—Está bien. Mañana le contaré cómo lo hice.

13

El taller de Corte y Confección de Madame Petit no paraba de dar vueltas en mi cabeza: el nombre tenía resonancias vagamente procaces, incluso profilácticas. Para salir de dudas llamé al diario *La Vanguardia*, en cuya redacción trabajaba un veterano periodista amigo mío.

—¿Corte y confección, dices? Pues, hombre, eso va a gustos… —dijo Luis riéndose—. Era una casa de putas. Estaba en la calle Arc del Teatre número seis. Antes de la guerra fue uno de los prostíbulos más selectos del barrio chino. Cerró hará unos treinta años.

—¡Fantástico!

Al día siguiente Edgardo Mardanos llamó para comunicarme que el director de la película sería probablemente José Luis de Prada, propuesto por él. Se trataba de una celebrada momia del viejo cine de pelucones y pupurrutas imperiales de la productora Cifesa, un profesional antaño muy considerado que había sobrevivido a sus bodrios histórico-patrióticos apuntándose a la moda actual del destape y la comedia picaresca. La noticia no presagiaba nada bueno, pero yo estaba dispuesto a no dejarme llevar por el desánimo.

—¡Albricias! Ahora sí que todo irá sobre ruedas.

—Sé lo que está pensando —respondió Mardanos—. *Inter nos* le diré que Prada tampoco es santo de mi devoción. Pero no puede negarse su solvencia profesional. Conviene tenerlo en cuenta… De todos modos, el trato aún no está cerrado.

—Sea quién sea, convendría saber cómo quiere enfocar el asunto.

—Claro, hay que aunar criterios. Pero… ¿hay algún problema?

—Se trata de Sicart. Me está ocultando cosas. —No me convenía liarla en absoluto, pero caí en ello inconscientemente—. Estoy descubriendo una personalidad poliédrica. Todo lo que me cuenta revela una esquizofrenia paranoica, un trastorno psicológico. Su relato se las trae. Podría dar mucho juego, pero sería una película distinta, un docudrama con mucho morbo…

Sabía que detrás del exitoso productor se ocultaba el gañán sin escrúpulos y quise tentarle con un dramón truculento y desmadrado. Fermín Sicart, nuestro protagonista extraviado en el laberinto de la memoria, le expliqué, me estaba ocultando que su madre había trabajado en un prostíbulo, es decir, que fue una puta, lo mismo que Carolina Bruil, hecho que ofrecía resonancias muy significativas e invitaba a desarrollar una apasionante trama estrechamente vinculada al crimen, si es que ese sutil hilo argumental interesaba al nuevo director, claro.

—Así que la prostituta Carol —concluí temerariamente— pudo ser el espejo en el que Sicart, aquel fatídico día, vio reflejada a su madre, a la que odiaba por haberle escamoteado un padre...

—¡Joder! ¿Me está vendiendo una moto, o qué? –se rió Mardanos.

—Sí, bueno, peores paridas hemos visto en películas de psicoanálisis, que, ojo al dato, han dado muchísimo dinero. No es tan disparatado: Sicart se avergüenza de su madre y oculta su pasado con burdas mentiras, pero en cambio acepta sin rubor a su queridísima puta y hasta alardea de sus habilidades amatorias. Esa contradicción sentimental mal digerida podría explicar el crimen, ¿no cree? El caso es que estoy descubriendo un personaje con infinitos repliegues... En realidad, su desmemoria podría ser mucho más interesante que su memoria. Podría funcionar. Incluso tengo el título: *La máscara y la amnesia.*

—¿Y qué? ¿Adónde nos lleva todo eso? —dijo Mardanos.

—A un personaje más interesante y a una historia más compleja.

Añadí que además había motivos para sospechar que Liberto Augé era bisexual o andaba cerca de serlo, y lo más importante: que Fermín Sicart creía ser hijo natural suyo. Desde la adolescencia se sintió o se imaginó estar al cuidado de ese hombre, y al hablar de él siempre dejaba entrever una nostalgia filial, un respeto y un cariño que iban más allá de la amistad. Cabía la posibilidad, añadí, de que Sicart temiese haber sido engendrado por descuido en un burdel, y de ahí su empeño en buscarse un padre.

—De modo que nuestro singular protagonista —rematé engolando la voz—, al sospechar que podía ser hijo de una negligencia laboral, digamos, o sea, fruto azaroso y no deseado de algún servicio en el burdel que su madre despachó rutinariamente y sin tomar las debidas precauciones, intentó sacudirse aquella fantasmagoría ignominiosa de un posible progenitor putero y sin identidad conocida, que le avergonzaba y le angustiaba, escogiendo por padre al señor Augé, un hombre cabal que además sentía afecto por su madre hasta el punto de querer sacarla del prostíbulo y regenerarla... Es decir, que se podría establecer una relación de causa-efecto tirando de ese tentador hilo argumental, si es que, insisto en ello, ese hilo argumental interesa al nuevo director: el adolescente Sicart esconde un odio secreto hacia su madre por prostituta y sobre todo por rechazar al padre deseado, y ese coágulo emocional estaría actuando en el subconsciente del adulto Sicart cuando estrangula a Carol aparentemente sin saber por qué lo hace...

—Son meras conjeturas —cortó Mardanos—. En dosis adecuadas, seguramente estaría de coña en un culebrón televisivo, pero todo de una tacada resulta indigesto... Empieza a haber demasiadas fulanas y maricones de folletín en esta historia, y demasiado psicodrama, ¿no le parece? No, mire, creo que no debemos ir por ahí. Conozco este trabajo, así que déjeme decirle algo...

—Pero yo necesito saber en qué película estamos. Héctor Roldán quería que el centro de la trama fuera el ser humano real, no la investigación del crimen. ¿Estamos en eso, en una ficción documentada, o ya no?

—Mire, hay que dejarse de experimentos y contar una buena historia, con argumento o trama, o como quiera llamarlo...

—Ah, no es lo mismo. Porque este es el problema. ¿Quién dijo que hay muchas formas de contar una historia, pero solo una trama?

—Dejémonos de adivinanzas. Opino que esto debería dar un giro radical. Lo hablamos el otro día, ¿recuerda? ¡Encarnita, hombre! ¡Tenemos a Encarnita!

Guardé silencio y Mardanos empalmó la cuestión que de verdad le interesaba: ¿qué tal me iba con la puta ciega? ¿El entrañable personaje crecía, daba juego, tal como me había sugerido? ¿Había tenido ocasión de conocer a Elsa Loris, esa maravillosa actriz que bordaría el papel?

—Debería verla en el teatro —añadió—. Se daría cuenta del potencial de esa chica, y eso le animaría a desarrollar el personaje. Seguro. Aparece desnuda en escena solo un momento, pero, naturalmente, no le digo que vaya a verla por eso...

—Oh, no, claro.

—... sino por su estupenda vis cómica. Está sensacional.

Yo estaba deseando acabar con la conversación y zanjé el asunto.

—Vale, que venga a verme. Y téngame informado, por favor.

—Por supuesto. ¡Y usted no olvide a Encarnita!

Colgué.

28. CINE DELICIAS, 1949. EXTERIOR/INTERIOR. DÍA. La cámara inicia un lento zoom sobre la fachada del cine revestida con los cartelones. El humo del cigarrillo se enrosca junto al rostro de Rita Hayworth batido por una fina lluvia. Oímos cada vez más cerca el murmullo del proyector en marcha, mientras un aire de fantasmagoría se apodera de la escena. Asomada al tragaluz de la cabina de proyección, con el cigarrillo en los labios y la jaula todavía en las manos, Carol sigue con los ojos al pájaro que acaba de escapar bajo la llovizna. La mano enflaquecida, temblorosa, de uñas pintadas con laca roja, cierra la puerta de la jaula vacía. El pájaro planea primero sobre la calle para enseguida remontar el vuelo hacia las nubes. Cuando lo ve desaparecer, Carol deja caer la jaula a la calle.

Interior de la cabina. De pie sobre un silla, descalza, Carol cierra el tragaluz en lo alto de la pared, baja de la silla y coge una botella de vino de la mesita que tiene al lado. Bebe a morro y luego se sienta en la silla y se ajusta la media negra y la liga en el muslo.

Junto al proyector, Sicart termina de ajustar el foco, se limpia las manos con un trapo y la mira con expresión contrariada, pero paciente. Lleva en los labios un cigarrillo sin encender.

SICART: ¿Por qué lo has hecho, mujer? No veas cómo se va a poner el señor Augé. Quería mucho a ese pájaro...

CAROL (*con súplica en los ojos*): Dejemos que vuele. Por favor, por favor...

SICART: ¿Pero qué te pasa? La verdad, no está bien.

CAROL: Con el ruido que hay aquí, pobre periquito, no sé cómo podía aguantarlo.

SICART: Se acostumbró. El señor Augé cree que es un pájaro sordo... ¿Y ahora qué le digo?

CAROL (*sonríe, seductora*): Ahí afuera hay unos niños que me han pedido que lo suelte. Y Dani desde el cielo también me lo acaba de pedir... ¿No me crees?

SICART (*la mira con tristeza*): Pero mujer, ¿cuándo dejarás de escudarte en tu hijo? Y otra cosa: no tires más fotogramas a la calle, joder, me han llamado la atención...

CAROL: Bueno. Y tú no enciendas ese cigarrillo. Aquí no se puede fumar, es peligroso, lo sabes muy bien.

SICART: Es para entretener las ganas. Anda, ven aquí...

Carol coge de debajo de la mesa un tirabuzón de fotogramas y se lo cuelga del cuello. Se desabrocha la blusa, baja la cremallera de un costado de la falda, se quita la blusa, bebe otro sorbo de la botella y con gestos lentos y fatigosos termina de desnudarse, se ajusta las medias y las ligas a los muslos otra vez y luego se echa la gabardina sobre los hombros y camina hacia Sicart con los ojos cerrados.

Sicart en primer plano la mira sonriendo con el cigarrillo torcido y sin encender en los labios. Cesa bruscamente el sordo ronroneo del proyector, y una elipsis, un *travelling* en el tiempo nos lleva al rostro de Sicart adolescente, catorce años atrás, justo en el momento en que el chico también prende una cerilla y, mirándonos con malicia, se dispone a encender un cigarrillo:

29. BARRIO CHINO, 1935. EXTERIOR/ATARDECER. Rostro amenazador de Sicart adolescente (15 años, camiseta rota, gorra de pana, aires de golfo) al encender el pitillo. Tiene sangre en el labio y una ceja partida.

SICART: ¡Eres un mierda! ¡Te voy a hostiar, chaval!

Arroja el cigarrillo y arremete contra el objetivo.

Está en medio de la calle peleándose con dos muchachos de su misma edad. Puñetazos y patadas. Acaba de acorralar a uno de ellos en la puerta de un bar y lo está machacando, cuando una mano vigorosa lo agarra por el cogote y lo aparta de su presa.

Es Liberto Augé (42 años, cabeza rapada, mono azul, alpargatas), que lo empuja hasta apoyarlo de espaldas contra la pared y se dispone a reprenderle. De pronto cae a su lado, sobre la acera, una pequeña jaula en cuyo interior revolotea un periquito, milagrosamente ileso.

Asomada al balcón del primer piso, la madre de Sicart, Margarita (34 años, rubia oxigenada, atractiva), en bata, desgreñada, el cigarrillo en la boca, con profusión de espavientos y chillando, arroja a la calle una pequeña maleta de cartón abierta, de la que vuelan algunas prendas, una vieja gabardina, unos guantes sucios de grasa y una gorra. Lo último que tira es un cepillo de dientes. Mientras lo hace no para de gritar:

MARGARITA: ¡Ahí va eso, Liberto, mamón! ¡No quiero nada tuyo en mi casa! ¡Y no vuelvas por aquí! ¡Anda y búscate a un pipiolo que te la chupe, pedazo de maricón! ¡¿Me oyes, Liberto?! ¡Ya estoy más que harta! ¡Fuera de mi vida! ¡Pírate ya, joder!

La espalda contra la pared, el adolescente Sicart observa cómo Liberto Augé escucha los insultos sin inmutarse, cómo se agacha sobre el mugriento adoquinado y recompone lo mejor que puede la jaula donde el periquito se acurruca, luego recupera la gabardina y la gorra, que se ha ensuciado. Permanece un rato en cuclillas, cabizbajo, sacudiendo la gorra, limpiándola con parsimonia. Se incorpora y mira el balcón (sugiero un plano cenital), luego mira al chico, le despeina con gesto cariñoso, da media vuelta y se aleja por la calle con la jaula rota en la mano y la gabardina echada sobre los hombros.

(Comentario sobre este plano final, por si interesa: el señor Augé, alejándose con su maleta y con la gabardina echada sobre los hombros, destruye el sueño del muchacho de verle unido a su madre y prefigura la imagen envarada, sombría, marginal y vagamente peligrosa que el adulto Fermín Sicart exhibirá años después con otra vieja y anticuada gabardina sobre los hombros. Se trata de un recurso formal que conjuga una posición ética y una metáfora de fondo: esa «reflexión», ese juego de espejos entre padre e hijo, si lo comentara con Sicart y a él le pareciera plausible, determinante en algún sentido, serviría tal vez para limpiar algunas telarañas de su desvencijada memoria sentimental, y quién sabe si propiciaría confidencias que podríamos convertir en tramas o subtramas y fortalecer así el relato, hacerlo más complejo, más hondo, más interesante... No es más que una sugerencia.)

14

Un lunes de calor sofocante, tres días después de la última llamada del productor Mardanos, se presentó la joven y prometedora actriz Elsa Loris. Sus aptitudes supuestamente idóneas para encarnar a la puta ciega, un personaje episódico apenas esbozado, me tenían sin cuidado, así que decidí despachar la visita y el asunto cuanto antes, procurando, eso sí, no causar ningún agravio. Pero no había contado con Felisa.

Ese día fui a nadar más temprano que otras veces con el propósito de evitar a la señora Falp, pero al asomarme a la piscina lo primero que vi fue la larga estela de espuma blanca que dejaban los endiablados pies de la anciana batiendo el agua. Se deslizaba de un extremo a otro exhibiendo su impetuoso e impecable estilo espalda y al voltearse me saludó con una amplia sonrisa sin dientes, rosada, conmovedora. Las tres calles estaban ocupadas y me invitó a compartir la suya con un gesto de la mano. Me lancé en la parte más honda

deseando sentirme anestesiado de inmediato por el agua pro-
fusamente clorada, por su acre aroma hospitalario, y empecé
a escribir mentalmente mientras braceaba, manteniéndome
sumergido el mayor tiempo posible, sobre todo cuando me
cruzaba con la rauda nadadora. Escribir es como aguantar la
respiración bajo el agua, dictaminó alguien cuya brillante
existencia fue un naufragio; pues bien, digamos que me ejer-
citaba en esa disciplina. Pero cada vez que la señora Falp pasaba a mi lado y me envolvía el torbellino de burbujas que
dejaba tras de sí batiendo el agua con su furioso pataleo, se
desvanecía la imagen tan arduamente elaborada de Carolina
Bruil en la cabina del cine, la imagen decisiva en el escenario
decisivo, la que llevaba días intentando fijar y me obsesiona-
ba: desnuda, con medias negras (¿de rejilla?), la gabardina
echada sobre los hombros y la película alrededor del cuello,
la desdichada prostituta se acerca a su verdugo sonriendo y
con la enigmática solicitud: «Date prisa...». Me acordé de
Sicart en una de nuestras sesiones, cuando, agobiado y dolido por mi insistencia en que precisara cierta atmósfera, ciertos detalles, se excusó: «Oiga, ¿es que no tengo derecho a olvidar?», y a rebujo de su queja, de pronto, allí mismo, debajo
del agua, el sentimiento de que estaba malgastando mi escaso talento en trabajos deleznables hizo que me preguntara
una vez más: «¿Por qué no mandas todo eso al carajo y te de-
dicas a lo tuyo? Puesto que el asunto que de verdad te motiva
y te interesa —la desmemoria, la falsedad, la suplantación de

la personalidad, la culpa no asumida, el fingimiento— no cuenta ni para el productor ni para el director de la película, ¿por qué no abandonas?» Y a todo eso, la señora Falp, deslizándose sobre el agua con su braceo potente y armonioso, iba dejando inhóspitos remolinos de agua a su paso, una y otra vez, y me desorientaba. Sumergí la cabeza cuanto pude para no ver ni oír, y cuando la saqué, ella se había parado delante de mí y me miraba, risueña:

—¡Pero hombre! ¡No se esconda!

—Si no me escondo...

Me saqué el tapón de silicona con el que protegía uno de mis oídos para oírla mejor.

—¿Entonces qué hace tanto rato debajo del agua?

—Crucigramas —dije con la boca lleva de burbujas—. Se me dan bien.

—Lo que le pasa a usted es que se da por vencido enseguida.

—Pero si yo no compito, señora Falp. Me conformo con flotar.

—¡Pues se diría que se esconde!

Se reía con su boca jubilosa y desdentada, con su rubí emitiendo señales debajo del agua. ¿Por qué se pitorrea de mí esta buena señora?, me dije. En una de sus pasadas, la eclosión y el fragor y la increíble profusión de burbujas que producían sus pies me envolvieron de tal modo que el tapón de silicona se me escurrió de los dedos y se perdió en el centro de un vertiginoso remolino. Intenté recuperarlo y al sumergirme noté el agua penetrando en el laberinto auditivo como una sigilosa oruga. Capté varias veces el débil destello del rubí cuando la rosada sirena pasaba veloz entre dos aguas, pero ni rastro del tapón. Finalmente, ante el temor de pillar otra otitis, me salí de la piscina.

Cuando llegué a casa, Felisa estaba sentada en la cocina repasando la lista de la compra y vestida para salir. Saqué una cerveza de la nevera, fui a la terraza y colgué el bañador, la toalla y el gorro en el tendedero. No debían de ser ni las diez y ya caía un sol de justicia. Me encerré en el estudio, corrí las celosías y convoqué de nuevo el fantasma de Carolina Bruil en la engañosa penumbra de la cabina del Delicias.

Empecé a trabajar. No habían pasado diez minutos cuando entró Felisa con el capacho en la mano y me preguntó si quería añadir algo a la lista. Nada, le dije. Iba a salir, pero se paró en la puerta y se volvió hacia mí:

—Ah, se me olvidaba. Ha venido una señorita muy mona que dice que es actriz. Parece... Bueno, ¿se acuerda de Morritos Calientes? Le he dicho que estaba usted ocupado y le espera en la terraza.

El tono displicente denotaba que, por alguna razón, no aprobaba su presencia. Descorrí la celosía y pude verla de pie junto al parasol todavía sin desplegar, las nalgas apoyadas en el canto de la mesa y con una revista sobre la cabeza protegiéndose de los rayos solares. La joven actriz que necesitaba un empujón era una rubia espigada de cara gatuna, melena corta y airosa y piernas espectaculares. Llevaba una blusa blanca sin mangas, minifalda tejana, sandalias de diseño y, prendidas del pelo, unas enormes gafas de sol de montura violeta. Era exactamente lo que cabía esperar de un productor pintoresco y saleroso como Mardanos, algo que no solo anunciaba su gusto personal, también te hacía saber cómo sería su próxima película, cómo la veía y la quería: con gafas de fantasía, minifalda, hermosos muslos y trasero respingón. Así al pronto, la actriz no me era totalmente desconocida, creía haberla visto en alguna telebasura de gran audiencia nacional, de esas con risas enlatadas, interpretando con desparpajo a una enfermera pimpante y sin remilgos al cuidado de rijosos ancianos en una residencia de la tercera edad. Un exitoso bodrio de TVE. Lo que estaba fuera de toda duda es que Felisa había decidido dejarla allí tirada en la terraza para que se achicharrara un buen rato sin la menor compasión, sin desplegar el parasol y sin procurarle ni siquiera un vaso de agua.

—Podía haberle ofrecido una crema solar, por lo menos.

—Muy gracioso —dijo Felisa—. No le pasará nada, va muy fresquita. ¿O todavía no se ha fijado usted mucho? Yo la tengo muy vista, ¿sabe? La semana pasada salió en el programa de cotilleo de la tele *Corazones desnudos,* y la pobre chica, bueno…, se veía que no era precisamente el corazón lo que estaba deseando desnudar. En fin, me voy al mercado. Volveré enseguida.

Cuando salí a la terraza, Elsa Loris intentaba abrir el parasol sin conseguirlo. Se manejaba agobiada y confusa bajo la luz cegadora y el sudor corría por su escote.

—La señorita Loris, supongo. —Le tendí la mano—. Deje eso y venga conmigo. Dentro estaremos mejor.

—Mucho gusto. ¡Uff, qué bien! —Tenía una voz húmeda, mocosa, todavía no adulta—. Espero no interrumpir su trabajo, porque no son horas, y con este calor… Pero Edgar me dijo que usted y yo deberíamos conocernos, que sería bueno para la película, así que… aquí estoy.

Tuve la extraña impresión de que sus labios brillantes de carmín al decir «aquí estoy» iban un poco demasiado por delante de su espléndida dentadura, como si la boca chupara el aire al tiempo que hablaba; detrás quedaban las risueñas mejillas, los pómulos altos, la hermosa frente y la nariz un poco demasiado chata. En el estudio se sentó en una butaca de espaldas a la ventana y el contraluz iluminó su corta melena rubia y rizada. Se quitó las gafas prendidas en el pelo y de vez en cuando se llevaba una de las patillas a la boca. Vi en su generoso escote, que aún relucía de sudor, la pérfida mano de Felisa, y desde el primer momento no pensé en otra cosa que en acortar la visita. Por lo demás, no voy a negar ciertas expectativas ante su juvenil prestancia pectoral (por decirlo a la manera de Pilar Rajola, aquella saltimbanqui verbal de mis predilectas varietés juveniles). Su frente orlada de rizos parecía vivir todavía en la inocencia, ajena a un leve rictus de madurez prematura que afloraba en la sonrisa saturada de carmín. Le pregunté si quería beber algo.

—Una Coca-Cola, pero mejor dentro de un rato —dijo—. Es usted muy amable… Habría venido a última hora de la tarde, para no interrumpir su trabajo, pero las dos funciones en el teatro Victoria me dejan poco tiempo.

—No se preocupe. —Retiré un par de libros de la otra butaca y me senté frente a ella—. Así que usted es la actriz propuesta para interpretar…

—A Encarnita, la amiga de la prota. Fue idea de Edgar, ¿sabe? ¡Está superencantado con Encarnita! ¡Y yo también!

—Es muy halagador, pero no creo que esté en mi mano…

—Edgar dice que una palabra suya, y el papel será mío. Pero no es solo eso. Edgar se ha empeñado en que Encarnita está en mi onda de un modo tan superguay, que usted y yo debíamos conocernos. Y como usted no ha venido a verme al teatro, pues esta mañana me he levantado y me he dicho ¡allá voy! Y aquí me tiene. ¡Es mi forma de ser!

—Ya veo. Y dígame, ¿qué obra está representando?

—*Testigo de cargo*. Es un montaje nuevo, está basado más en la película que en la obra de teatro… Le gustaría. Yo soy miss Plimsoll, la enfermera de Sir Wilfrid, el abogado. En la película lo interpretaba Elsa Lanchester, no sé si se acuerda…

—Ah, sí. Miss Plimsoll. Una mujer insufrible.

—Bueno, en esta versión es bastante diferente, ¿sabe?

—Se comía las erres y hablaba despacio y de una forma espesa y dulce, como si untara las palabras en miel. De hecho, una mosca que acababa de entrar por la ventana ya estaba rondando su cabeza—. La enfermera no existía en la versión teatral, salió por primera vez en la película... Se podría decir que mi personaje viene del cine, no del teatro. Y hay escenas nuevas la mar de divertidas, que no son exactamente como las de la obra original ni como en la película, por ejemplo cuando persigo a Sir Wilfrid para que se pruebe unas bermudas horrendas que le he comprado para las vacaciones, ¡y para animarle llevo puesto un bikini monísimo!

—¡Fantástico!

—Es un personaje facilito y muy agradecido. Pero bueno, miss Plimsoll no tiene nada que ver con la Encarnita de usted —añadió—. Por lo que Edgar me ha dicho, Encarnita es una profesional del... Me refiero a que va directa al grano.

—Ah, sí, claro. —Me quedé un rato sin saber qué decir—. Así que Edgar Mardanos ya la ve a usted encarnada en Encarnita... Perdone, no es un juego de palabras, lo que quería preguntarle es... ¿usted cómo la ve, a Encarnita? ¡Oh, mire, tiene una mosca en la rodilla!

Ahí estaba la mosca, en efecto, agarrada con sus patitas a la sedosa piel morena, y parecía hallarse a gusto. Ella ni siquiera la miró.

—Pues... veo a una chica ingenua, cariñosa, alegre y muy sexy. ¡Yo es que soy fan total de Encarnita!

—Pero es que se trata, dicho sea con la fineza del productor, de una trabajadora sexual. Y está ciega. ¿No le parece inverosímil, disparatado? ¿Alguna vez oyó usted hablar de una prostituta ciega en activo? ¿Cree de verdad que se puede trabajar así, como… como al tacto, digamos?

—¡Claro que sí! ¿Por qué no? —Volvió a aflorar su sonrisa resabiada, picarona—. ¿No sabe usted que muchas mujeres lo hacen a ciegas…? Le digo una cosa: ¡Encarnita es un personaje total! Según Edgar, debería tener mucho más papel.

—No es fácil, ¿sabe? —Me levanté a por el paquete de cigarrillos, que debía de estar en algún lugar sobre el escritorio, entre los papeles, y que no encontré—. Se me han ocurrido algunas ideas, pero no sé… ¿Qué le parecería una escena en la que Encarnita atiende a un cliente que también es ciego?

—¡Oh! ¡Superfascinante!

—Podría tener un chulo que le proporciona clientes no convencionales, digamos tipos raritos, ¿vale? —Cavilé un instante, me senté en el canto de la mesa revuelta y seguí improvisando—. Un sordomudo, un ciego, un jorobado, tal vez un enano. Incluso el chulo es un poco zombi… A ver, es feo y tiene chepa, ¿vale? Encarnita es un personaje poco corriente, ¿de acuerdo? Es católica, va a misa cada domingo y se arrodilla y reza delante del altar. Es una puta católica y romana, digamos, y quiere crear un sindicato con sus compañeras. Su gran sueño es conseguir un perro lazarillo, un labrador. Analfabeta, si quiere, pero con un corazón de oro. Ella no se lo ha formulado, no sabría explicarlo, pero bien podría decir: «Mi cuerpo también es un templo del Señor». ¿Me sigue, señorita Loris?

—¡Claro! ¡Encarnita vive un conflicto de conciencia!

Levantó los brazos mostrando la jubilosa, inocente curva de las axilas, llevó ambas manos a la nuca retocando la melena, y, al hacerlo, se le soltó un botón de la blusa.

—No, no es eso —objeté perversamente—. Sus ojos sin luz no juzgan los reclamos ni las servidumbres de su cuerpo desnudo, y ¡ojo!, tampoco juzga a los hombres esclavos de sus deseos. Encarnita no tiene conciencia de transgredir nada, no tiene conciencia de pecado, ¿vale? Tiene una portentosa memoria táctil, recuerda cuerpos, labios, espaldas, nalgas, cicatrices... Los besos que recibe, las manos que la acarician, si contienen o expresan alguna forma de cariño, por tosca o leve que sea esa caricia, ella está maravillosamente dotada para captarla y agradecerla... Cuando simula el orgasmo cierra los ojos y no puede ver la expresión de agradecimiento del cliente, pero tiene memoria emocional de esa expresión, ¿vale? —Callé un instante, sorprendido de mis propias paridas—. ¿Y qué le parece si, al saber que su amiga Carol ha sido asesinada, decide abandonar la carrera y, al final de la película, la vemos feliz y conformada vendiendo cupones en una caseta de la ONCE...?

—¡Me parece genial! ¡La veo perfectamente, de principio a fin, veo incluso cómo se mueve! ¿Me deja decirle una cosa?

Imagino a Encarnita trabajando en lo suyo de una manera…
rompedora total. Me gustaría demostrárselo, si no le importa…

Se levantó, se ajustó la minifalda, fue hasta casi la puerta
de entrada del estudio, se volvió y regresó otra vez con los
ojos cerrados y una estudiada lentitud, el mentón levantado
y como en trance. Yo seguía recostado en el canto del escritorio, había encontrado la cajetilla de Ducados y encendí
uno. La futura estrella de la pantalla venía hacia mí ensayando su ceguera, errática, apasionada y ciertamente hermosa, midiendo cada paso y con la mano derecha adelanta-
da como si buscara un asidero. Parecía querer tocar la
butaca para orientarse, evitando así tropezar antes de alcanzar el escritorio, pero en el último momento cambió de dirección y, tanteando el aire, su mano se posó fugazmente en
mi bragueta.

—¡Ay, perdone! —dijo—. No era mi intención… Pero es
lo que podría pasarle a Encarnita, más o menos, ¿no cree?

—Más o menos, sí.

—Puedo hacerlo mejor. Es para que se haga una idea de
cómo veo actuar a una ciega. Porque usted no ha visto nada
mío en este plan, ¿verdad? ¿Vio *Despelote 2 en Marbella*? Ahí
estaba yo bastante bien. —Se sentó, suspiró, cruzó y descruzó las piernas un par de veces—. Y otra cosa: sé cómo debe ir
vestida Encarnita. Estas pobres chicas visten ropa emocional.
¡Y a mí me fascina llevar ropa emocional!

Su parloteo jacarandoso, animado por una alegría espontánea e inexplicable, retuvo mi atención durante más de media hora, hasta que decidí que ya era suficiente. Sus dedos de uñas rosadas jugaban con el botón de la blusa desabrochado, sin la menor intención de meterlo de nuevo en el ojal, pero tampoco de ir a más, creo. Por lo que a mí respecta, el papel de Encarnita era totalmente suyo. Se lo dije, se alegró y parecía todavía menos dispuesta a irse. Entonces oí rechinar débilmente la puerta del estudio y un ruido como de latas entrechocando. Pensé que Felisa había vuelto del mercado.

—Bien, me ha convencido. Cuente conmigo —rematé, dando por resuelto el asunto y concluida la entrevista—. Pero me temo que todo eso es prematuro, y además yo no intervengo en el reparto…

—¡Oh, qué guay, casi no puedo creerlo! —exclamó—. ¡Estaba tan nerviosa al venir! Ahora sí me apetece beber algo, y me gustaría que usted brindara conmigo deseándome suerte… ¡¿Puede ser?! ¡Oh, sí, por favor!

Exultante, la futura estrella sonreía, meneaba la cabeza y se frotaba los muslos frenéticamente, como si quisiera despellejarlos. Otro ruido en el pasillo y alcancé a ver por el resquicio de la puerta entornada una sombra que se retiraba.

Cuando entré en la cocina Felisa estaba colocando en la nevera cerveza y tónicas que sacaba del capacho.

—Tenga, llévele esto. —Me dio una lata de agua tónica—. Y tranquilo, yo me encargo. Me parece a mí que anda usted hoy un poco atontolinado, así que déjeme hacer a mí.

—¿Ha estado escuchando detrás de la puerta, Feli?

—¿Yo?

—Usted, sí. ¿Se puede saber qué se propone…? Oiga, esto es un caldo.

Le devolví la tónica, ella sacó otra de la nevera y me la dejó sobre la mesa. Luego fue hasta el fregadero y empezó a lavar hojas de lechuga bajo el grifo, mientras yo abría una cerveza. Me disponía a salir de la cocina cuando la oí decir:

—No voy a permitir que este pimpollo nos retrase la comida.

Volví al estudio con las bebidas, pero antes de entrar me paré un instante en la puerta para mirar a Elsa Loris sin ser visto. Sentada en la butaca con las piernas encogidas, abrazándolas, el mentón apoyado en las rodillas y los ojos cerrados, devotamente ovillada sobre algún sueño, había perdido aquel artificioso aspecto de fulana en ciernes y se me antojó una muchacha vulnerable y desvalida. Así que entré dispuesto a mostrarme amable y brindé con la joven actriz porque se cumplieran sus deseos, esperando, eso sí, que no tardara en irse. Pero la que no esperó fue Felisa. No habían transcurrido ni cinco minutos cuando mi intrépida asistente irrumpió en el estudio y se abalanzó sobre mí brazo en alto empuñando una jeringuilla. Al verla, Elsa Loris dio un brinco en la butaca.

—¡Dios mío, la señorita Plimsoll con su jeringa! —exclamó con una mueca que oscilaba entre la sonrisa y el rictus.

—¡Abajo los pantalones, venga! —me ordenó Felisa—. ¡Ya sabe que conmigo no valen trucos! Usted nos disculpará, señorita, pero es urgente. El señorito quiere escaquearse una vez más y se aprovecha de las visitas... ¡Todavía no se resigna al diagnóstico, qué le vamos a hacer!

La jeringuilla soltaba gotas de inofensiva agua del grifo, supongo, pero el efecto no podía ser más horripilante. Solo acerté a repetir:

—Un momento, Felisa, un momento...

La joven actriz me miraba compungida, frotándose los muslos y sin saber cómo reaccionar. Miró aterrada a Felisa y preguntó:

—¿A qué... a qué se refiere, señora? ¿Es que se encuentra mal?

—Mejor que no lo sepa, querida. ¿Ha oído hablar de la peste rosa? Feo asunto. —Y dirigiéndose a mí otra vez—: ¡Pantalones abajo, venga, no tengo todo el día! Apártese, señorita, haga el favor.

Elsa Loris decidió que era el momento de irse. Se apresuró a disculparse por las molestias, mostrándose muy agradecida por las atenciones y a la vez muy confusa, hasta el extremo de improvisar una efusiva despedida dándome la mano repetidas veces, pero entregando solamente la punta de los dedos, apenas un roce cauteloso, que la pérfida Felisa no estaba dispuesta a pasar por alto:

—Váyase tranquila, hija. No se contagia con el tacto ni con la saliva.

La chica hizo un esfuerzo por sonreír y, con un gesto espontáneo, se alzó de puntillas y me dio un rápido beso en la mejilla. De todo corazón le deseé buena fortuna y mucho éxito y la acompañé a la puerta.

Luego tuve que reprocharle a Felisa su disparatada, avasalladora, truculenta e innecesaria intervención en defensa de una perfecta armonía conyugal que, afortunadamente, siempre había reinado en esta casa. O casi siempre.

15

28. CINE DELICIAS, 1949. EXTERIOR. DÍA. Chirrido intermitente de ruedas de tranvía bajando por Torrente de las Flores, que suena más fuerte al tomar la curva en Travesera de Gracia, frente al cine al que Carol llega caminando y haciendo girar el paraguas verde sobre su cabeza. Se queda mirando en la fachada el cartelón que anuncia *Gilda* (el mismo tosco cartelón de la secuencia 27, ahora con la pintura deslucida y algún desgarrón), repuesto para la nueva programación de la película.

Ha cesado la llovizna y Carol cierra el paraguas. Come castañas asadas que va sacando de un cucurucho. Lleva la boina gris y el rostro sin pintar, zapatos de tacón alto, medias negras y calcetines de lana rojos. La gabardina abierta deja ver el ceñido jersey blanco y la falda azul. Pasan sombras a su lado y alguna deja oír un requiebro apremiante y bronco igual que un ronquido, pero nadie se para, o quizá sí, pero ella no se vuelve para averiguarlo. Ni un risueño parpadeo en sus ojos achinados, ni el reclamo de una sonrisa; no busca trabajo en la calle, no espera a nadie. Empuña el paraguas cerrado y lo apoya en su hombro con gesto cansino y desmañado y sigue mirando la deslumbrante figura que se yergue en el cartel. La satinada diosa del amor sostiene un humeante cigarrillo en alto, arrastra con indolencia un abrigo de visón y sonríe con mirada insinuante, pero estrábica, alterada tal vez por la acción de la lluvia, y su melena sufre un desgarrón que alcanza el hombro desnudo.

Empieza a lloviznar de nuevo y Carol abre el paraguas, mira su reloj, tira al suelo el cucurucho vacío, da media vuelta y se dirige al bar de la esquina. Entra y (visto desde la calle, a través de los cristales empañados del bar) se instala en la barra, pide una copa de coñac, la apura de un trago, paga y sale.

Corte a Lucas (11 años, puños en los bolsillos, pantalón remendado, media cara tapada por la bufanda) en el vestíbulo del cine mirando fotos en el panel. Carol cierra el paraguas y se sitúa discretamente a su lado. Parece algo inestable, soñolienta. Mira al chico durante unos segundos en silencio. Finalmente se decide:

CAROL: Hola, hijo. ¿Qué haces aquí? (*Con una sonrisa cómplice.*) No habrás venido a espiar a mamá…

Lucas la mira con el rabillo del ojo, recelando.

CAROL: Ya sé. Te gustaría ver la película, a que sí. ¿O estás esperando por si cae alguna tira de fotogramas? Porque en esta peli sale una chica muy guapa, ¿verdad?

LUCAS: Y a mí qué. A mí me gustan las de Tarzán. (*Recelando.*) Oiga, solo miraba los cuadros. No estoy haciendo nada malo.

CAROL (*afable, sonriendo*): Claro que no. Pero juraría que lo que quiere mi niño es ver esta película. No me mientas, ¿eh?

LUCAS (*se encoge de hombros*): ¡Pero qué dice! ¡Si no me dejan entrar!

CAROL (*animosa, excitada*): ¿Por qué no te cuelas? En este cine se cuelan todos los niños listos. Y tú lo eres. ¿Por qué no pruebas? ¡Venga, hombre! ¡Mamá te ayuda!

LUCAS (*recelando aún más*): ¿Cómo dice...?

Carol le señala la escalera en un ángulo del vestíbulo.

CAROL: ¡Tengo un truco! ¿Ves la escalera? Un amigo me espera arriba. Cuando empiece a subir, llamaré al portero para decirle algo y él acudirá enseguida, porque es un viejo muy servicial y muy amable, y quedará libre la entrada. ¡Y entonces tú vas y te cuelas! ¡¿Qué te parece el truco, Dani, mi querido muchacho?!

LUCAS: Yo me llamo Lucas... Pero... ¿por qué llora?

Corte a Lucas agazapado junto a la cortina roja de la entrada a platea, a punto de colarse. Dedica a Carol, que entretiene al portero al pie de la escalera, una sonrisa expectante y agradecida. Carol se despide del portero y sube por la escalera hasta la puerta de la cabina. Llama con los nudillos y mientras espera se quita la boina, la recompone y se la vuelve a poner, levanta un poco la falda y se ajusta la media y el liguero sobre el muslo.

La puerta se abre, irrumpe la banda sonora de la película y aparece un sonriente Sicart limpiándose las manos con un trapo sucio de grasa.

SICART: ¡Cuánto has tardado, princesa!

No me sonaba en absoluto lo de princesa, no parecía una expresión adecuada al personaje, pero Sicart me había asegurado que solía llamarla así, lo que me hizo pensar, una vez más, en la prótesis memorística que posiblemente le habrían injertado en el hospital psiquiátrico al remodelar su pasado. Decidí mantener el improbable piropo solo por eso, como síntoma de un hipotético implante verbal que sería ajeno a su tosco vocabulario; ya vería más adelante si daba juego.

Porque ahora trabajaba con una nueva premisa: significado y atmósfera. El persistente desbarajuste secuencial no me satisfacía en absoluto y dudaba mucho que un texto tan deslavazado y sin un objetivo claro pudiera servir de base al guión, pero había algo que tenía muy claro: la película no estaba en los informes de la policía ni en las actas del proceso, la película estaba en la memoria esquilmada de Fermín Sicart, incluidas sus propias reservas y mixtificaciones.

No sabría decir cuáles son los límites de la ficción al recrear una verdad histórica; probablemente no es aplicar más luz sobre el hecho real, sino realzar los claroscuros, las ambigüedades y las dudas, aquello que constituye la expresión más viva de la verdad. Sabía que ciertos cabos sin atar de un relato tan fragmentado propiciaban la ambigüedad moral, el fatalismo de los personajes e incluso cierto clímax de violencia soterrada, elementos todos ellos no desdeñables porque se avenían al personaje, pero persistía la incógnita respecto al big bang del terrible suceso: qué causas se aunaron en el instante inicial, cuál fue el germen del primer impulso, el punto cero del brote psicótico que llevó a Fermín Sicart a estrangular a la prostituta. Y, sobre todo, ¿por qué creía yo que el relato del crimen en boca del propio autor iba a ser tan revelador y decisivo? ¿Qué esperaba de su explicación?

Sicart fue aplazando la reiterada promesa de contarme cómo lo hizo porque, según su excusa favorita, antes de meterse en faena necesitaba revisar algunos recuerdos que, con el paso de los años y los retoques sufridos, se le estaban embrollando y emborronando. Ese recurso a la desmemoria sonámbula hizo necesarias más sesiones de las previstas —por cierto, a quinientas pesetas la hora, carísimas—, por lo que llegué a sospechar de una argucia cuya única finalidad era incrementar los ingresos…

Un sábado bochornoso y con rachas de sol intermitente estaba yo reparando la grabadora, que se había atascado, y Sicart aprovechó la pausa para estirar las piernas. Se levantó con un vaso de cerveza en la mano y paseaba por la terraza fumando un cigarrillo con talante sombrío cuando le vi pararse mirando las nubes.

—Era un día como este —dijo. Levantó las gafas ahumadas sobre la frente y añadió—: A punto de llover. Y al final llovió.

Poco antes, a primera hora de la tarde, había chispeado.

—¿Se refiere usted al día de los hechos? —le dije.

—No sé, entonces casi todos los días eran como este. Eran días pasados por agua. Bueno, yo al menos los recuerdo así —añadió como disculpándose—. Es la impresión que tengo. Días pasados por agua.

Esperé a ver si añadía algo más, pero no.

—En efecto, llovía —dije—. Consta en el expediente.

—Y el cine estaba lleno, abarrotado.

—Entonces, debía ser un día festivo…

—No, era un día de entre semana, pero la platea estaba a tope, se podía oír desde la cabina. Por la ventanilla me llegaba un runrún, algo así como el rumiar de las vacas.

—¿De las vacas?

—Sí.

—Entonces, Carol también debió de oírlo…

Me miró recelando algo. Con un toque del dedo índice dejó caer otra vez las gafas desde la frente a la nariz.

—No —dijo—. Ella lo único que oía era la voz de su hijo.

No conseguía enfrentarle al tema.

—¿Usted llegó a conocer a ese niño?

—No, pero como si lo hubiera conocido. Ella siempre hablaba de su niño muerto. —Se sentó de nuevo bajo el parasol con talante sombrío y apagó la colilla en el vaso de cerveza. Tardó unos segundos en darse cuenta de lo que había hecho—. ¡Coño, será verdad que se me va la olla! Pensaba que era el cenicero... Perdone.

—Le diré a Felisa que traiga otra cerveza.

—No, déjelo, aún queda en la botella.

Vació el vaso en la maceta que tenía más próxima.

—Lo de Carol con su Dani muerto era una cosa que daba muchísima pena —añadió—. Se lo conté el otro día, ¿se acuerda?, ella estaba hablando con el chico y soltó el periquito del señor Augé. Y había empezado a llover... Ahora que lo pienso, la primera vez que ella vino a verme al Delicias llovía, y la última vez también llovía...

No era la lluvia lo único que se repetía machaconamente en su devastada memoria. En ambas visitas de Carol, la primera y la última, con dos años de por medio, el Delicias exhibía la misma película. Estuve a punto de probar a implantarle un recuerdo falso —un injerto, un mero artificio de la memoria destinado a fortalecer la trama con ecos y resonancias—, una escena confeccionada con los mimbres de lo verosímil y ver si la asumía, o si por lo menos la consideraba muy probable: su madre en el balcón arrojando furiosamente a la calle otra jaula y otro pájaro, apartando definitivamente de su vida sentimental a Liberto Augé cuando él anhelaba fervientemente un padre en casa. Pero opté por centrarme en el crimen y pulsé la grabadora sin que se diera cuenta.

—Así que aquel día Carol habló con su hijo muerto —le dije—. Pero ¿por qué tiraría la jaula a la calle?

—No lo sé. Antes me estuvo contando que Encarnita se emperraba en no ir al oculista… —Sonrió al recordarlo—: Parece que el oculista tenía un ojo de vidrio, y Encarnita decía: «¡Cómo va una a fiarse de un oculista con un ojo de vidrio!» Era muy testaruda y muy cortita, pobre chica, y Carol estaba preocupada… Bueno, después Carol empezó a remolonear y a buscar fotogramas por los rincones, y no quiso comer. Fue cuando se subió a la mesa y abrió el tragaluz. —Su voz carrasposa bajó el tono, se ensimismó—. Sí, fue cuando empezó todo…

La comisión del horror, aquel impulso presuntamente irracional e inmotivado que precedió al crimen, el minuto cero de su gestación, iba a ser finalmente evocado serenamente en la voz de Sicart, con una fonética monótona y sombría que remitía al pasado. Yo había imaginado con complaciente morbosidad lo que ahora iba a escuchar y me reservaba el placer y el derecho a reforzar el hecho culminante con algunas imágenes apócrifas de mi cosecha, pero al cabo opté por mantener el relato sin retoques, tal como lo registró la grabadora.

—¿Qué le parece si empezamos por el principio? —le propuse—. Desde que usted le abre la puerta de la cabina.

—No hay mucho que contar, no crea. Todo pasó muy deprisa. —Se quedó pensando—. A ver...

—¿Sabía usted de dónde venía Carol esa tarde?

—Nunca le pregunté de dónde venía ni adónde iba.

—Venía de la comisaría y la acompañaba Ramón Mir. Según declaró el propio Mir, se quedó esperándola en el bar de la esquina, y allí estaba cuando usted la envió a por bocadillos.

—Y qué. Qué quiere decir con eso.

—Hay una hipótesis plausible, que se deduce de algunos informes. Es esta: Carol, por su condición de confidente de la policía y obedeciendo consignas de su amante, el falangista Mir, habría localizado y denunciado a Liberto Augé, activista de la CNT muy buscado, y se proponía denunciar a otros miembros del sindicato clandestino. La CNT estaba al corriente, y usted, muy dolido con ella por el perjuicio que había causado al señor Augé, se habría unido al plan de la CNT, o sea, acabar con ella...

—¡¿Pero qué dice?! —cortó Sicart—. Si yo a la CNT me la pasaba por el culo. ¡Eso es un cuento de la Brigada Social, hombre! Además, yo siempre confié en Carol, siempre, ya se lo he dicho.

—De acuerdo. Volvamos al principio. ¿Se presentó de improviso o habían quedado en verse?

Sicart se tomó unos segundos para calmarse.

—Solía venir en el intermedio, a la hora de la merienda.

Yo acababa de encender las luces de la sala y estaba pasando las diapositivas de propaganda…

—¿Había bebido?

—Sí, bueno, no más que otras veces.

—¿Recuerda cómo iba vestida?

—Llevaba… —Calló, contrariado, se frotó los párpados hurgando con los dedos por debajo de las gafas y acto seguido fijó la vista a lo lejos, por encima de las azoteas—. Oiga, si cree que me da reparo volver a contarlo, se equivoca de medio a medio. Ni de coña. Sería la hostia que me afectara después de tantos años. Le aseguro que todo ocurrió de la manera más natural… —Alcanzó la botella de cerveza que tenía en la mesa, pero no bebió—. Bueno, a ver, ¿qué me ha preguntado? Ah, sí. Llevaba la gabardina y medias negras. Lo demás ya se lo había quitado…

—Me refería a cuando llegó de la calle.

—Ah, no lo sé. A veces venía con la boina gris. Me acuerdo sobre todo porque, antes de besarme, se ponía la boina de lado… —Fijó de nuevo la mirada en un punto distante y se quedó pensando—. Aquel día llevaría un paraguas, porque llovía.

Sus ojos soportaban mal la luz naranja engolfada debajo del parasol, y, al escrutar el horizonte por encima de los tejados, los entrecerraba, como repeliendo un reflejo cegador o un espejismo demasiado luminoso y persistente, tal vez en el recuerdo.

—¿Discutieron por algo aquel día, hubo algún problema?

—Bueno, la proyección se interrumpió dos veces. Pero la segunda vez yo no estaba en la cabina, ya me las había pirado… —Bebió a morro unos tragos de cerveza—. Lo del pájaro ocurrió antes. Yo me estaba oliendo algo, porque mientras se desnudaba no dejaba de mirar la jaula del periquito. Se subió a la silla y abrió el tragaluz, dijo que hacía mucho calor. Yo estaba revisando los carbones, pero la vi coger la jaula y decirle cosas al periquito en voz baja… Le pedí que cerrara el ventanuco porque llovía, pero lo que hizo fue abrir la jaula y soltar el pájaro. Así, por las buenas. Me enfadé mucho, la hice saltar de la silla de un empujón y le pegué una bronca, le dije que era una lunática, que estaba muy mal lo que había hecho, que el señor Augé le tenía mucho afecto a su periquito. Entonces fue cuando me dijo: «Dani me ha pedido que lo suelte y no podía negarme». Dani era su hijo, el niño tísico que se le había muerto a los once años…

—Ya sé. ¿Qué pasó luego?

—Se quedó muy triste. Cogió la botella de vino y estuvo mirando la película por la ventanilla. Durante un buen rato no me habló, solo bebía. Apenas había probado el café con leche y el bocadillo ni lo tocó. Quise animarla, pero ni por esas… Normalmente, cuando estaba muy mamada, a Carol le gustaba la coña, pero aquel día parecía otra persona. La vi tan jodida, allí, acurrucada entre los dos proyectores, desnuda, con los cabellos mojados por la lluvia y la cara pegada a la ventanilla, que le eché la gabardina sobre los hombros. Fue a causa de todo eso que anduve distraído y desatendí la proyección... Debíamos ir por el tercer rollo cuando oí los silbidos y el pataleo abajo, en la platea. Corregí el foco, pero luego el sonido no sincronizó, hubo un chispazo, y Carol se asustó. Paré la proyección y encendí las luces de la sala. Cuando la vi con el sifón en la mano, dispuesta a salvarme del fuego, me eché a reír, pero la broma no acabó ahí: me había desaparecido de la mesa la cuchilla de afeitar que usaba para raspar los empalmes, y me la enseñó bromeando, haciendo el gesto de cortarse las muñecas y riéndose de un modo que no me gustó... Normalmente yo no empleaba más de dos minutos en un empalme, pero ella me entretuvo más de la cuenta y con las prisas corté sin fijarme y perdí un buen pedazo de película, que tiré bajo la mesa.

Lo contaba despacio y anidaba en su voz un efecto ralentí, cierta necesidad de reiterarse, de oírse contarlo una vez más.

—Y entonces —prosiguió—, fue cuando recogió la película del suelo, se puso a mirar los fotogramas al trasluz y dijo: «Anda, pues está vestida». Se colgó la película al cuello y... se me acercó de aquella manera..., andando como si...

Pugnando con una memoria congelada, Sicart se había dado la vuelta y vio venir a Felisa con la bandeja y dos botellines de cerveza, que nadie le había pedido, y, como si captara un cambio en el entorno, en la fugitiva luz vespertina o en la vibración del aire, se calló agachando la cabeza.

—He pensado que algo fresquito les vendrá bien —dijo Felisa. Dejó la bandeja en la mesa, sacó del bolsillo de la bata las tijeras de podar y se retiró diciendo—: Voy a expurgar la buganvilla.

—Así fue —dijo Sicart recuperando el hilo de su pensamiento—. Quiero decir que se acercó a mí con la gabardina abierta. Era una vieja gabardina de hombre. Solo llevaba eso y las medias negras, ya se lo he dicho…

A partir de ahí se entretuvo en detalles que pasaré por alto, una serie de veleidades eróticas sublimadas por el recuerdo, según las cuales Carolina Bruil era una verdadera experta en entregarse de pie y por entero, increíblemente mimosa, cálida y envolvente, y siempre con alguna variante singular y de lo más excitante. Por su parte, lo que a ella más le gustaba era que Sicart le besara el cuello. Él se atribuía el mérito de hacer todo lo que ella le pedía sin romperle las medias de nailon, que eran muy caras, y sin descuidar en ningún momento la proyección, sobre todo cuando se le abría de piernas…

—Vale, podemos pasar por alto ese tipo de detalles —le sugerí—. Me interesa más lo que hablaron, y sobre todo lo que pasó después.

Sicart me miró con la decepción pintada en la cara.

—Ya. A usted solamente le interesa el acto criminal. Pero es que ocurrió casi a la vez, las dos cosas, el acto criminal y el coito, con perdón.

—Comprendo, pero verá, lo importante es otra cosa… Es el impulso que no pudo usted controlar. Fuera lo que fuese, algo le llevó a usted a colgar la ristra de fotogramas en su cuello, y acto seguido…

—¡Que no fui yo! ¡Fue ella la que se lo colgó, ya se lo he dicho!

—De acuerdo, fue ella.

—Presumía de collar, y bromeaba, decía: «Soy la Doña Collares del cine Delicias…».

—A propósito. ¿Sabía usted que esa misma tarde vieron a Carol en el bar de la esquina, cuando fue por bocadillos y cervezas, con el tirabuzón de fotogramas alrededor del cuello?

—No me extraña. —Se concentró de nuevo, frotándose el dorso de las manos—. Le gustaba presumir… Bueno, pues entonces me miró con pena y dijo algo de la lluvia… Porque llovía.

—¿Qué dijo? ¿Lo recuerda?

—Una tontería. Que cuando era niña, la lluvia la asustaba… Pobre Carol. Se hacía querer, pero la verdad es que tenía poco pesquis. Era una mujer que valía mucho, pero no sabía hacerse valer. ¿Sabe cuánto cobraba por polvo cuando la conocí? Doce pesetas y la cama. Yo la convencí de que pidiera quince, y merecía mucho más…, cuando no había bebido, claro. Y no era por lo que sabía hacer en la cama, aunque era muy buena en eso, no puede usted figurarse lo buena que era, sino porque... Bueno, porque cuando le contabas tus cosas, ella te escuchaba de una manera... diferente. No sé cómo explicárselo...

Añadió que no sabía si se portaba así con todos los clientes, o solo con él.

—La quería usted mucho, ya veo —dije—. ¿Pero qué pasó luego?

—Se agachó y cogió la película del suelo, y...

Se interrumpió de nuevo, mirando el suelo. Yo también lo vi: el trozo de película que se iba a convertir en arma homicida estaba allí, en el suelo de la terraza, era un simple tirabuzón, una oruga negra, dormida, inofensiva. Incluso cuando ya rodeaba el cuello de Carol parecía inofensiva.

—La cogió y se la puso en el cuello —prosiguió Sicart—. Había jugado con la cuchilla de afeitar simulando cortarse las venas, y después jugó a estrangularse con la película. Hasta sacó la lengua. Y maldita la gracia que me hizo, se lo juro. Iba muy lanzada aquel día... Todo el tiempo estaba ajustándose las ligas y las medias, lo único que llevaba puesto. No sé en qué momento me di cuenta de que habían pasado casi veinte minutos y tocaba cambiar el rollo, y le dije que se sentara y terminara de beber el café con leche. Y fue entonces, mientras yo revisaba las bobinas, cuando se me acercó con la gabardina sobre los hombros, dándole vueltas y más vueltas a la película en el cuello...

Hablaba sin mirarme, escudado en las gafas oscuras, frotándose la palma de las manos lentamente, primero una mano y después la otra, como si eso le ayudara a fijar el recuerdo.

—Yo había puesto el otro proyector en marcha —prosiguió—. La abracé junto al botiquín, debajo de la claraboya, que ella había dejado abierta. A ratos sentía la llovizna en la cara. La cogí por el trasero y la levanté empujándola contra la pared... —Sicart contrajo la cara, se mordió el labio—. Pero no, a ver, no es eso lo que quería contar, es otra cosa... Es algo que yo sentía cuando lo hacíamos, pero no tenía nada que ver con el polvo, era otra cosa, no sabría explicarlo. Estábamos entre los dos proyectores y me entró como una oleada de calor... No sé qué pasó por mi cabeza, pero estoy seguro que quería quitarle la película porque vi que le estaba lastimando el cuello, ya tenía algún arañazo... Yo no me corté las manos porque me había puesto los guantes... Así que pudo ser por eso por lo que yo... por lo que yo...

Confuso, buscando las palabras, se quitó las gafas con ademán brusco y se restregó los párpados. No era un simulacro, lo estaba pasando mal.

—Bueno, dejemos eso por ahora, no importa...

—Es que aquella bufanda de celuloide era un incordio —añadió, sin escucharme—. Yo quería besarla en el cuello y no podía, lo recuerdo muy bien, y entonces fue cuando me dijo con un hilo de voz: «Date prisa...». No estoy seguro de que yo hubiese decidido hacer lo que iba a hacer, eso no lo recuerdo, solo recuerdo que sí sabía lo que estaba haciendo, quiero decir que me daba cuenta, vaya, que no busco excusas... Supongo que no aflojé hasta que se desplomó junto al proyector, pero tampoco lo sé. Porque de pronto me encontré en otro sitio, en la platea, sentado en la última fila y sin saber cómo había llegado allí ni qué había pasado.

Calló de pronto y me miraba, inmóvil, tenso y más expectante que yo: ¿buscaba mi aprobación al relato tan esperado? Las primeras sombras de la noche emborronaban su cara y no era fácil adivinar sus pensamientos, pero con esa actitud hierática parecía decirme: Ahora le toca a usted explicar qué me pasó, qué movió mis manos, le toca a usted asignarme el papel que me corresponde en esta desdichada historia; a usted, celebrado autor de novelerías, usted que presume de indagar los procesos emocionales que conforman nuestra conducta y le premian por ello, que domina el arte de imaginar razones del corazón que la razón ignora, usted debe ahora explicarme cómo surgió y por qué y de dónde proviene ese repentino e inescrutable desvarío que arruinó mi vida...

Al verme agachar la cabeza —simulé un repentino interés en el buen funcionamiento de la grabadora— tal vez pensó que asumía de este modo mi frustración después de tantas expectativas, y añadió:

—No sé si es lo que usted esperaba oír. Seguramente se imaginaba otra cosa, y se ha llevado un chasco... Pero eso es lo que pasó, y no creo haber olvidado nada… En cuanto al móvil, estamos como estábamos, lo siento.

—No importa —me apresuré a tranquilizarle—. Para la película que quieren creo que el móvil es lo de menos. Ya le dije que el director tiene otras prioridades.

—Ah, vale.

Suspiró, se quitó las gafas para limpiarlas con el pañuelo y pude ver su mirada exangüe, mortecina. Había oscurecido en pocos minutos y me levanté a cerrar el parasol. Sicart apuró su botellín de cerveza y también se levantó, despidiéndose hasta el día siguiente. En un ángulo de la terraza, Felisa había terminado de expurgar la mata de buganvillas y recogía del suelo las flores marchitas con la escoba y una pala. Al ver que se iba le retuvo unos segundos, quería acompañarle hasta la salida, y mientras terminaba de barrer le dijo que este trabajo, expurgar la buganvilla, era el que más le gustaba de todos los que hacía en la terraza; porque eliminaba lo viejo y lo caduco, le informó, las flores ya agostadas y quemadas, y de este modo ayudaba a la buganvilla en su callado esfuerzo por crecer.

—Algo que, por cierto y mire por dónde —añadió sin aparente ánimo de rechifla—, se me acaba de ocurrir que también convendría hacer con algunos hombres que he conocido…

Pero Sicart no celebró la ocurrencia. De pie al borde de la terraza, contemplaba las primeras luces del crepúsculo sobre la ciudad y parecía escuchar el rumor sordo que subía de las calles. Encendió un cigarrillo, se acomodó la gabardina sobre los hombros, sacó el pequeño peine que llevaba en el bolsillo superior de la americana y lo pasó por el escaso pelo. Esperó pacientemente que Felisa terminara de barrer, y después se dejó acompañar dócilmente hasta la salida.

16

Solo por satisfacer las burdas expectativas del productor puestas en la puta ciega, y desde luego sin haber previsto las consecuencias que eso iba a acarrear, esbocé tres nuevos episodios para el lucimiento exclusivo del personaje, el último de los cuales —dedicado a una improbable Encarnita llena de buenos sentimientos y alternando con un cliente lisiado no menos improbable, empleado en las oficinas de la Fundación ONCE y mediante cuya recomendación ella obtendrá por fin el ansiado perro guía— solo pude acabar de escribir tapándome la nariz.

Lo envié todo a Madrid y, mientras esperaba el visto bueno de Edgar Mardanos, repasé el texto completo con Sicart, que ya daba prácticamente por concluido su relato. En la última revisión, la mala conciencia por las concesiones a un personaje tan artificioso, la cieguecita de buen rollo, me decantó a ser tercamente veraz y puntilloso en la descripción del contexto laboral de Sicart, precisando tareas, ambiente y escenografía urbana.

—Para que le pongan el prestigioso letrerito «basada en hechos reales» —bromeé con Sicart—. Una falacia. De todos modos, a Encarnita habrá que ponerle un nombre ficticio... ¿Qué tal Carmelita? ¿O Milagritos?

—No, no lo haga —dijo Sicart—. A ella le habría gustado verse con su nombre... Pero bueno, qué más da, la pobre ya debe de haber muerto.

El trabajo había requerido sesenta y siete folios mecanografiados a doble espacio, con apuntes para diálogo en algunas secuencias y hasta con sugerencias de encuadre y escenografía. Nada de eso me incumbía, pero me dio la gana. La primera parte consistía en una recopilación de las vivencias familiares, laborales y amatorias de víctima y verdugo, y la segunda era un relato objetivo de la comisión del crimen.

Estábamos a mediados de agosto y contaba los días que faltaban para el regreso de Carmen con los chicos, previsto inicialmente para el día 23, pero justo el día antes, Borja, el pequeño pintamonas mimado por su madre, se había caído pedaleando con su bici por Utrechtsestraat con el resultado de un esguince en el tobillo y una fisura en el costillar, por lo que Carmen aplazó el regreso hasta finales de mes.

Al embocar la última semana de agosto, los acontecimientos se precipitaron. El lunes 26 hice limpieza general y me desembaracé de cintas grabadas, fotocopias y anotaciones, luego estuve un par de horas tumbado en el diván escuchando el saxo de Ben Webster, leí en la prensa local un artículo asombrosamente cándido y entusiasta sobre la Transición que estaban cocinando en Madrid, y después me fui a nadar.

No había nadie en la piscina y mientras braceaba entre dos aguas demasiado quietas, empecé a echar de menos a la señora Falp y su mirada burlona entre espumas cuando pasaba a mi lado nadando crol con su depurado estilo, tan lento y cadencioso que a veces se me antojaba de pronto una muestra de cortesía, una peculiar gentileza para conmigo, una discreta señal de adhesión a mis cuitas, como si ella también trazara en el agua renglones de una escritura que se desvanecía en el acto y por tanto había que reconstruir pacientemente mediante un braceo persistente e indesmayable: ese codo que emerge lentamente a la superficie, ese brazo escuálido que se eleva y se zambulle despacio una y otra vez, esa reiterada y exacta y sincopada forma de mostrar apenas un lado de la cara y de ocultarla bajo el agua para acto seguido mostrarla de nuevo en la cadencia del esfuerzo, ese ritmo sostenido y esa voluntad indeclinable en pos de alguna efímera forma de belleza o de armonía, me dije, también se conforma en el movimiento de la frase empeñada en descifrar algún enigma sobre el papel, en la persistencia de la memoria sobre el paso del tiempo y en el giro imprevisto que adquiere la realidad una vez apresada.

En uno de los giros capté un destello rojo en el fondo de la piscina y me sumergí impulsado por un acto reflejo cuando ya, a mi lado, creía estar oyendo el sordo fragor del agua soliviantada por los endiablados pies de la consumada nadadora. Descendí un par de metros y allí estaba, agazapado detrás de una vorágine de burbujas que ya solo podía persistir en mi cerebro, el rubí emitiendo señales intermitentes. El pendiente se había enganchado en la rendija del sumidero, y aunque me esforcé tirando de él con todas mis fuerzas, subiendo a coger aire y volviendo a bajar varias veces, no conseguí desengancharlo.

Cuando me fui dejé aviso en recepción de que la señora Falp había perdido un pendiente en la piscina. Se harían cargo enseguida, pero fui informado de que ese pendiente no podía ser de la señora Falp, porque dicha señora se había dado de baja del club hacía casi un mes.

La tarde de ese mismo día, poco antes de la llegada de Sicart, Edgar Mardanos comunicó por teléfono que Vilma Films, S.A. había llegado a un acuerdo con el director J.L. de Prada para que se hiciera cargo del guión definitivo y la dirección de la película, y sobre todo para felicitarme: las nuevas escenas de la prostituta ciega eran muy buenas.

—A Prada le han gustado mucho —dijo—. Hasta el punto que opina que habrá que replantearse bastantes cosas de cara al guión, para el que reclama una autoría total a partir de ahora. Se pondrá en contacto con usted esta misma semana.

Porque el proyecto estaba definitivamente encarrilado, añadió. Vilma Films, S.A. contaba con la nueva ley de ayudas que había puesto en marcha la Dirección General de Cine, una ley calcada de la francesa, con lo que el coste de producción subía entre un 25 % y un 30 % y la película se ponía entre cincuenta y sesenta millones de pesetas. De hecho, la película ya estaba vendida, ya tenía distribución, así que si no queríamos perder la partida presupuestaria había que ocuparse inmediatamente de la preproducción. Sin rebajar el tono eufórico, Mardanos insistió en el rigor y la solvencia del primer tratamiento, si bien habría que tener en cuenta algunas sugerencias del director, de las cuales la más importante era desplazar ligeramente el centro de interés de la historia hacia la prostituta ciega, porque veía un potencial extraordinario de ternura y simpatía en ese personaje, ideal para establecer rápidamente con el espectador una relación de complicidad y de afecto, sin olvidar ese toque de humor que, junto con la acreditada maestría de J. L. de Prada para la puesta en escena, era marca de la casa. Vale, entendido, musité. Mardanos añadió que tal vez valdría la pena encargar los diálogos de Encarnita a un autor de comedias ingeniosas y en cierto modo poéticas, tipo Miguel Mihura, que en paz descanse... Por supuesto, se apresuró a constatar, el proyecto inicial seguía vigente, el argumento giraba en torno al asesinato de la prostituta Carolina Bruil, y la prueba era que para el guión definitivo Prada había sugerido la colaboración de un escritor de telefilmes de acción rodados en fabulosos escenarios de la Costa del Sol, ¿había visto algún episodio?, ¿no?, ah, pues me enviaría una copia, me gustaría, era el exitazo del momento, la protagonista era una atractiva teniente de la Guardia Civil, experta submarinista que resolvía casos de tráfico de droga camuflada bajo las aguas del Estrecho…

¡El rubí sumergido de la señora Falp seguía enviando señales rojas, maldita sea!

—De Prada lo tiene muy claro —prosiguió Mardanos—. Lo importante, lo que cuenta, no es tanto la desmemoria del asesino, sino la ceguera de esa entrañable putilla… Y mire lo que le digo: Encarnita tendrá mogollón de fans. ¿Sabe por qué? Porque al lado de las fulanas de alto *standing*, esas grandes pedorras del famoseo que se exhiben en la tele por dinero y jaleadas por cuatro cretinos de la prensa del corazón, Encarnita es una heroína, una criatura cándida y entrañable. Desde el primer momento me di cuenta del potencial de esa chica, ¿lo recuerda? Y usted no me creyó… ¿Qué me dice ahora?

El asunto empezaba a fastidiarme.

—Ya conoce mi opinión. La puta ciega es un personaje que pertenece a la literatura fantástica. Pero en fin, allá ustedes.

—No se trata de eso —dijo Mardanos—. De todos modos, me consta que Prada no pretende convertirla en protagonista… No es más que una estrategia narrativa. Él piensa que el asesinato de Carolina Bruil ganará interés si nos llega mediante el testimonio de su amiga Encarnita, con su simpleza y sus despistes, con su punto de humor. Se trata de una chica con un corazón de oro, que consigue trabajo a pesar de su minusvalía, que atiende a tipos solitarios y ridículos, lisiados y contrahechos, y sueña con un perro guía. ¡Enamorará al público de inmediato! Porque es que veremos la película contada por ella, a través de la voz y la mirada de una muchacha invidente que es un encanto… Un planteamiento sugestivo, ¿no cree?

—Sí, tal vez —me oí decir—. Pero me pregunto si una puta que hace chapas en el barrio chino palpando contrahechos y tíos raros, o lo que le salga, porque es ciega, puede ser ese encanto de criatura capaz de seducir al público.

Mardanos soltó una risita sonsa y calculada, y luego, con todo el morro, afirmó que precisamente esa clase de humor negro y puñetero era el que José Luis de Prada valoraba más, sabiendo muy bien qué ingredientes debía tener la película para ser un éxito. Y añadió:

—¿Recuerda aquello que se preguntaba Rossellini, si hay que mirar las cosas como son o hay que correr detrás de los sueños? Pues eso.

Insistió en que yo había hecho un trabajo previo excelente, y, utilizando de nuevo la retórica banal de los modismos políticos, tan en boga por aquellas fechas, y remató el elogio con su frase favorita:

—Ahora hay que aunar voluntades y criterios. El guión definitivo lo exige. Y desde luego cualquier sugerencia suya será bien acogida, no damos por terminada su colaboración…

Yo sabía que sí estaba terminada. Y para sugerencias, pues hombre, ahí va una, estuve tentado de decirle: Si quieren que esa puta risueña y divertida resulte creíble, hagan que por lo menos le pegue sin querer unas purgaciones al funcionario de la ONCE que le regala el perro guía, porque un poco de realismo nunca viene mal... Pero lo que dije fue:

—Por cierto, quedan pendientes algunos pagos...

—Lo sé. Vilches se ocupará de los detalles. Pero, oiga, esto no es una despedida, ¿eh? Estaremos en contacto... Así que hasta pronto.

Entonces no podía saberlo ninguno de los dos —si bien Mardanos ya manejaba resueltamente los hilos de la marioneta—, pero el ambicioso proyecto de Vilma Films, S.A. sobre el crimen del cine Delicias daría en los meses siguientes un giro de ciento ochenta grados, con una trayectoria tan azarosa y burbujeante que habría hecho sonreír al defenestrado director Héctor Roldán. Acabaría siendo la historia de un fracaso. Aquel guión original promovido inicialmente por un combativo director con orejeras, empeñado en reventar las fétidas burbujas del franquismo que todavía, según él, flotaban impunemente en el aire, pasaría por diversas manos y despachos y presupuestos para derivar paulatinamente en un alegre y profiláctico reclamo sexual y culminar finalmente en un sonado éxito de taquilla titulado *Los ciegos amores de Manolita*, comedia picaresca y zafia que ya no estaba en absoluto basada en hechos reales y en la que no había ninguna puta estrangulada, ningún asesino amnésico ni por supuesto memoria alguna, ni individual ni colectiva, que valiera la pena recuperar o reivindicar, siquiera como simple tributo a la verdad.

La última cita con Fermín Sicart bajo el parasol en la terraza tuvo lugar al atardecer de un sábado y se prolongó hasta bien entrada la noche. Cuando le dije que nuestro trabajo había terminado, adquirió un aire pensativo, como si hubiese olvidado decirme algo y se esforzara en recordar qué era.

—Entonces, se acabó —dijo quitándose las gafas de sol.

—Pues sí, eso me han dicho.

—¿Seguro que no necesita usted nada más?

—No. Creo que disponemos de toda la información que se requería...

—¿Seguro? —insistió—. Porque es que anoche estuve recordando algunas cosas que podrían interesarle, creo...

—Se lo agradezco, pero no se moleste. Sepa que me ha sido usted de gran ayuda.

Guardó silencio y enseguida dejó de prestarme atención. Le vi tan abatido que no sabía cómo dar por terminado el asunto y le pedí que se quedara a cenar. Felisa nos va a obsequiar con un excelente gazpacho y luego con gambas, le dije. Me miró como si no me viera y se excusó: tenía un compromiso. Sin embargo, pasó más de media hora y no encontraba el momento de irse. Le pedí que antes de despedirse aceptara por lo menos una copa de cava, aseguránn-dole que Felisa se enfadaría si rehusaba, pues había sido idea suya y ya tenía la botella enfriándose... Esbozó una leve sonrisa y, mirando un punto en la lejanía, como solía hacer, más allá de las azoteas del Guinardó en sombras, dijo:

—En la barra del Panam's, cuando algún cliente rumboso la invitaba a una consumición, ella siempre pedía champán. —Y en un tono festivo, celebrando el repentino recuerdo—: En invierno venía al cine con un cucurucho de castañas asa-das. Y en verano me traía polos de limón. Y le gustaba subir-se a las «golondrinas» del puerto, y también... Un momento, déjeme pensar. ¡Le gustaban tantas cosas...!

Se cortó mirando el vacío con cierta ansiedad, sopesando lo que iba a decir. Estaba claro que antes de irse quería obse-quiarme, a modo de propina, con algunas estampas inéditas de las muchas que guardaba de Carolina Bruil, y, en efecto, de pronto y con el mejor ánimo inició un apresurado recuento de los caprichos o las manías personales de su amada que parecía haber memorizado previamente y que me ofrecía por si acaso podían interesar todavía para la película:

—Además de las castañas asadas, le gustaba hablar con los niños, dormir en pijama de hombre, los cigarrillos Lucky, las medias de nailon... —fue evocando uno tras otro, en tono monótono y con los ojos cerrados, los restos del naufragio—. Y una canción, que se me olvidó... Y tenía una peca junto a la boca, y otra más grande en el muslo izquierdo, y por la noche sus pechos eran como una piedra caliente, y el nueve era su número favorito, siempre compraba lotería con ese número...

Un tanto deprimido, lo interrumpí:

—Por favor, no se esfuerce, no vale la pena. Me consta que no quieren saber nada más, que no necesitan nada más...

—Era por si le servía de algo —musitó—. Por eso lo decía. Solo por eso.

Y en este momento, viéndole acatar mi veredicto con la cabeza gacha, fui consciente de nuestra derrota, la suya y la mía; él por su pasado expoliado, recompuesto y remendado, yo por no haber sabido hacer nada con esos apaños y remiendos que le habían aplicado, y de los que él no era consciente, al cabo cifrados en dos palabras que Carolina Bruil pronunció poco antes de morir y cuyo significado se perdería para siempre.

Como si adivinara mi pensamiento, Sicart me miró con una disculpa en los ojos.

—Sé que mi memoria es mala. Sé que fui otra persona..., alguien que no estaba totalmente en sus cabales. Pero no sé si he sabido explicárselo. Me parece que no.

—No le dé más vueltas, no vale la pena. Porque ya importa poco. Y en cuanto a la película, pues vamos a ver qué saldrá de todo eso...

Finalmente Felisa trajo el cava y dos copas y el mismo Sicart, más animado, se ofreció para descorchar la botella bromeando acerca de aquel peligroso descorche con el que Felisa lo apabulló en una de las primeras sesiones. Luego se levantó de la mesa y agradeció las atenciones recibidas desde el primer día en esta casa, las de la señora Felisa y las mías, celebró las bromas que ella le había dedicado, incluso las que no entendía, y se empeñó en que fuera a buscar otra copa y brindara con nosotros por el éxito de la película.

—Mi memoria no es muy buena, pero esperemos que la película lo sea —dijo al levantar la copa—. A ella le habría gustado.

—Oh, a mí también —dejé caer sin la menor convicción.

En su habitual tono moderadamente gruñón, Felisa terció:

—¿Quiere el consejo de una vieja cascarrabias con buena memoria, señor Sicart? —Hizo una breve pausa, esbozó una sonrisa afectuosa y añadió—: Venga lo que venga, no se lo tome demasiado en serio.

Sicart le devolvió la sonrisa y no dijo nada. Al poco rato se despedía sin muchas formalidades y lo acompañé a la puerta del piso. Antes de salir se ajustó las gafas oscuras sobre la nariz y me preguntó:

—¿Qué ha querido decir la señora Felisa con eso de que no me lo tome demasiado en serio? ¿Es otro de sus puñeteros acertijos?

—Podría ser —le dije—. La pobre Felisa cree que el cine resuelve los acertijos de la vida. ¿Y sabe una cosa? A veces creo que tiene razón.

Asintió, pensativo. Después que se hubo marchado volví a la terraza y me asomé a la baranda para verle salir por la puerta de la calle. Se quedó parado al borde de la acera y de la noche, frente a una zona mal iluminada a causa de una farola que parpadeaba en la esquina, y estuvo unos segundos mirando a un lado y a otro, como si no supiera qué dirección tomar. Encendió un cigarrillo, se acomodó la vieja gabardina sobre los hombros con una brusca sacudida y finalmente se encaminó hacia la farola medio cegata. Iba sin prisa, sigiloso, erguido, con una galanura antigua y afectada, aquella tensión rondando los hombros y la nuca que sugería un amago de violencia, un envaramiento que probablemente no era otra cosa que impostura pero que, aun siéndolo, de algún modo le mantenía fiel a un pasado menesteroso, recosido y funesto del que no sabía o no quería desprenderse, tal vez porque no tenía otro.

El papel utilizado para la impresión de este libro
ha sido fabricado a partir de madera
procedente de bosques y plantaciones
gestionados con los más altos estándares ambientales,
garantizando una explotación de los recursos
sostenible con el medio ambiente
y beneficiosa para las personas.
Por este motivo, Greenpeace acredita que
este libro cumple los requisitos ambientales y sociales
necesarios para ser considerado
un libro «amigo de los bosques».
El proyecto «Libros amigos de los bosques» promueve
la conservación y el uso sostenible de los bosques,
en especial de los Bosques Primarios,
los últimos bosques vírgenes del planeta.

Papel certificado por el Forest Stewardship Council®